やみ窓《まど》

篠《しの》 たまき

角川ホラー文庫 23388

令和4年10月25日 初版発行

発行者———堀内大示
発 行———株式会社KADOKAWA
〒102-8177 東京都千代田区富士見2-13-3
電話 0570-002-301(ナビダイヤル)
印刷所———株式会社暁印刷
製本所———本間製本株式会社
装幀者———田島照久

ISBN978-4-04-112812-1 C0193

角川文庫発刊に際して

角　川　源　義

第二次世界大戦の敗北は、軍事力の敗北であった以上に、私たちの若い文化力の敗退であった。私たちの文化が戦争に対して如何に無力であり、単なるあだ花に過ぎなかったかを、私たちは身を以て体験し痛感した。西洋近代文化の摂取にとって、明治以後八十年の歳月は決して短かすぎたとは言えない。にもかかわらず、近代文化の伝統を確立し、自由な批判と柔軟な良識に富む文化層として自らを形成することに私たちは失敗して来た。そしてこれは、各層への文化の普及滲透を任務とする出版人の責任でもあった。

一九四五年以来、私たちは再び振出しに戻り、第一歩から踏み出すことを余儀なくされた。これは大きな不幸ではあるが、反面、これまでの混沌・未熟・歪曲の中にあった我が国の文化に秩序と確たる基礎を齎らすためには絶好の機会でもある。角川書店は、このような祖国の文化的危機にあたり、微力をも顧みず再建の礎石たるべき抱負と決意とをもって出発したが、ここに創立以来の念願を果すべく角川文庫を発刊する。これまで刊行されたあらゆる全集叢書文庫類の長所と短所とを検討し、古今東西の不朽の典籍を、良心的編集のもとに、廉価に、そして書架にふさわしい美本として、多くのひとびとに提供しようとする。しかし私たちは徒らに百科全書的な知識のジレッタントを作ることを目的とせず、あくまで祖国の文化に秩序と再建への道を示し、この文庫を角川書店の栄ある事業として、今後永久に継続発展せしめ、学芸と教養との殿堂として大成せんことを期したい。多くの読書子の愛情ある忠言と支持とによって、この希望と抱負とを完遂せしめられんことを願う。

一九四九年五月三日

序

濃紺の遮光カーテンは、白い刺繍《ししゅう》の小花模様。

少しだけ値の張るカーテンが覆うのは、銀色の安っぽいサッシ窓。

年数を経て軋《きし》む、その窓の向こうに広がるのは、古く、くたびれた夜の団地街だ。

私鉄の小さな駅からバスで二十分。スーパーは遠く、閉店時間は早い。徒歩圏内にはコンビニエンスストアもドラッグストアもない。高齢の独居者が多く住むためか午後八時ともなると人通りが途絶え、深夜のような静けさに包まれる。

だから三十代半ば過ぎのフリーター・柚子《ゆずこ》でもリフォーム済みの部屋に住むことができる。良く言えばお手頃な、悪く言えばとても資産価値の低い場所なのだ。

まま新しいけれど白々として安っぽい壁紙。可能な限りコストを切り詰めて付け替えただろう白色灯。六畳程度のダイニングキッチンには最小限の家具しか置いていない。

この寂れた場所に自分は永住するのだろう……

夕食の後、窓際のダイニングチェアに腰かけてお茶を飲み、柚子はしみじみと思う。

積極的に死ぬ気力などない。けれどもより良い生活を営もうとする意思もない。幸福で満ち足りた人間にも、自分のようにうらぶれた人間にも、いつかは平等に死が訪

れる。その時まで、ここでひっそりと、ただ息をするだけのようにして生きていられればいい。

ほんの一年ちょっと前に住んでいた場所では夜遅くまで商店街がざわめき、あちこちにコンビニエンスストアやカフェの明かりが煌々《こうこう》としていた。それが住みやすさだと思っていた。明るさや賑《にぎ》わいが豊かさを示す指標だと考えていた。

あの軽やかな喧噪《けんそう》よりも、夜の物陰にわだかまる闇の方が自分には相応《ふさわ》しかったのだと、今はそう思う。

「喜ばせがいのない女だよな」

ふいに夫だったひとの言葉が蘇《よみがえ》った。

「柚子が行きたいって言ってたレストランだぞ。俺が奮発して連れて来てあげたんだ。不機嫌になるなんて心外だよ」

あの夜、目の前のテーブルで揺らめいていたのは幾本ものキャンドル。店内には花が飾られ、流行の服の客達が洗練されたギャルソンにエスコートされていた。

「前もって言って欲しかったのよ。そうしたら、私、別の服で来たのに」

「言ってしまったらサプライズにならないだろ？」

柚子の服装は洗いざらしのコットンシャツに、あえて皺《しわ》を目立たせたカーゴパンツ。当時、バイトをしていたオーガニック系の雑貨店では違和感がなくても、おしゃれな

レストランでは場違いだ。

「せめて朝に言ってくれれば、そうしたら私、着替えてから……」

反論しかけたけれど徒労感が募って口をつぐんだ。

柚子より十歳以上年上だった夫。ちょっと太目で、薄くなりかけた頭髪。決して美男子ではなかった。垢抜《あかぬ》けてもいなかった。けれども相応の収入があって、とても人当たりの良い男だったと思う。

「晩飯、適当に外で食べよう。六時に南口の改札で待ち合わせ。いいよな？」

朝、言われたのはそれだけだった。せいぜい駅前の居酒屋と思い、仕事着のまま来てしまったのだ。

会話の途切れがちだった妻を喜ばせようと、不器用な夫が背伸びしただけなのだとわかった。驚かせようとして裏目に出たことも理解できる。

優しい人だと言われていた夫。他人から見ればあげつらうほどの欠点もない、可もなく不可もない平均的な男。今にして思えば、あまりにも気が利かなくて、行動も言葉も不器用に過ぎた。

そう、ひしゃげた死骸《しがい》になる直前までひどく要領の悪い男だったのだ。

あの夜、つまらなそうにカードで支払いを済ませた夫の後を追い、きらびやかな店内から出た時の夜風と闇が心地よいと感じた。その気持ちのまま、この侘《わび》しい場所に

身を移してしまったのだ。

ほんの一、二年ほど前の生活なのに、まるで何十年も昔のことのよう。

むしろ前世のできごとみたいに遠く感じられるのはなぜだろう。

だから今夜も、打ち捨てられたような静けさの中、一人で温《ぬく》もりを失ってゆくお茶を飲んでいるのだ。

かさり……

かさり……

ぶ厚い濃紺のカーテンの向こうから聞こえる、微《かす》かな音。

それは藁《わら》で編んだ履物が降り積もった朽ち葉を踏みしだく響きだ。

飲みかけのほうじ茶から唇を離し、臆病《おくびょう》な小動物のように耳をそばだてる。

窓の外は晩秋の団地街。街路樹という名の貧相な木々はあるけれど、道を覆うほど落ち葉を降らす本数など、ありはしない。

かさり……

かさり……

遠くから徐々に近づく足音。

間違いない。あれ《ヽ》が来た。今夜も道に迷うことなく、あれ《ヽ》がやって来た。

天井の照明を消し、腰高窓の脇に小さなテーブルランプを点《つ》ける。室内を照らすも

のは薄暗い灯りだけになり、そこかしこにぼんやりとした陰影を作り出す。

こうしないと来訪者が目を眇《すが》める。

夜の闇に慣れたその者の目に白色灯は眩《まぶ》し過ぎるのだ。

ぽとぽと……

ぽとぽと……

外から網戸を叩《たた》く音。張りの弱い網戸を拳《こぶし》で打つ腑《ふ》抜《ぬ》けた響き。音と言うよりは空気に伝わるひそやかな振動と呼ぶ方が相応しい。

無意識に唇を引き結ぶ。

これから、商《あきな》いが始まる。一瞬も気を抜けない、そしてうまくいけば実入りの良い商いが今夜も行われようとしているのだ。

ぽすぽす……

ぽすん……

せかすような軽い打音。待たせ過ぎてはいけない。かと言って慌ててもいけない。

ベージュのテーブルクロスの下に右手を忍ばせ、中棚においた小さな武器を、きつく握りしめてから問いかけた。

「どこの者？」

ぼそぼそとした低い声が窓の外から答える。内容は聞き取れないけれどその声には

覚えがあった。躊躇《ためら》うことなく左手だけでレースと遮光のカーテンを開き、右手を隠したまま古めかしいサッシ窓をこじ開ける。

ストーブをつけるほどに寒くない。けれども決して暖かいとも言えない居間に、皮膚を粟立《あわだ》たせる冷気が流れ込んだ。

閉じたままの網戸の向こうは漆黒。

寂しい場所とはいえ、この街にも薄暗い街路灯くらいはある。隣の棟の窓明かりも消え果てる時間ではない。けれども外に見えるのは黒々とした闇ばかり。どこにも人工の街灯や窓明かりなどありはしない。

目をこらすと巨大な雑木がみっしりと生い茂っているのがわかる。その風景は少なくとも郊外――陸の孤島と揶揄《やゆ》する人々もいる――の団地街のものではありえない。

窓のすぐ下には森の中に延びる道。湿った土の臭気と、晩秋の山特有の枯れた草木の匂い。それらが圧倒的な勢いで室内を侵していった。

ここは団地の三階だ。腰高窓の間近に地面が迫っているはずがない。夜空を覆うほど樹木が茂る土地でもない。

夜の一時《いっとき》だけ、さびれた建物の古いサッシ窓が見知らぬ場所に開き、得体の知れない者達がひっそりと訪れるのだ。

「いらっしゃい」

声をかけると闇の中に影が蠢《うごめ》き、ほの明かりの中に薄汚れた男が、ぽう、と浮かび上がった。見知った顔を確かめてから右手をテーブルクロスの中に隠したまま、左手だけでがたつく網戸を引き開け、うっすらと微笑んで問いかけた。

「今夜は、何を持って来たの？」

黒い影がのそりと歩み寄り、笹にくるまれた黒っぽい塊を見せた。

「熊の肝《きも》」

赤黒く日焼けした男が聞き取り辛《づら》い声を発する。

「いつもの物？　だったら歓迎。あなたの品物は評判がいいから」

暗さに馴《な》れた目が男の細部を捉《とら》え始めていた。

獣の毛皮でこしらえた肩掛け。その内に着ている丈の短い和服は生地が薄くなるほど着古されている。藁で編んだ履物には泥が沁《し》み、足下の土との境目すらわからない。

垢じみた体臭に吐き気に似た嫌悪がこみ上げるけれど、顔に張り付けた笑みを崩すような無礼はしない。

男が窓から肝を差し入れてテーブルの上に置き、柚子はそれを左手だけで持ち上げた。右手はテーブルクロスに隠したまま決して動かさない。片手で品物を持ち上げ、熟練した鑑定士のような表情を作って眺めるそぶりをして見せる。価値などわかりはしない。ただ、この男が持って来る物が高く売れることを経験から知っている。品定

めを演じるのは一種の儀式、あるいはつまらないはったりのようなものだ。

「大ひとつでどう？」

鑑定の演技を終え、品物をテーブルランプの脇に置いてから柚子は問う。

「いや」くぐもった声で男が答える。「大ぶだづ」

男の言葉はいつも、ひどく不明瞭だ。「大ぶだづ」は「大《だい》ふたつ」の意味。日本語に間違いないはずなのに、とても同じ言語とは思えない。

「大ふたつは無理」

柚子は首を振る。

「大ぶだづ」

男は譲らない。

ふうっと柚子はため息をつき、間を計るようにウールの部屋着を左手だけでかき合わせた。空気の冷たさがこたえる。椅子の背にかけたストールも羽織った。

その仕草や服、そして室内の様子を男はとても不思議そうに眺める。いつも妖《あやかし》にでも出会ったかのような、狐につままれたような、そんな怪訝《けげん》な目つきで睨《ね》め回すのだ。

この男がどこから来たのか、知らない。どこに住む者かも、わからない。時代の異なる場所から迷い込んだのか、あるいは良く似た言語を使う異国から訪れたのか。

何ひとつわかりはしない。いや、知ろうとしても知りようがない、と言った方が正

しいのだろうか。

「大ふたつは無理。帰って」

柚子はテーブルの上の肝を左手で男の方に押し戻し、網戸を閉じる仕草を見せた。

交渉が長引くのは嫌い。だって窓から吹き込む風が冷たいんだもの。

男の垢じみた体臭も大嫌い。だからさっさと終わらせたいのよ。

本当は大ふたつでもかまわない。でも、図にのらせたらだめ。次回からはもっと値を吊《つ》り上げようとするに決まっているのだから。経験で知っている。ここを訪れる者どもは根が強欲なのだ。そんな大幅な値切りにはつきあってはいられない。

「待ってくれ」

男が聞き取り辛い声音で止める。

「大ひとづに小いつづ。それでなんとだ？」

「大ひとつに小ふたつ」

「なんとが、小みっつ」

「だったら取り引きはしない」

知っているの、と心の中で呟《つぶや》く。この男は私の商品が欲しくてたまらないんだから。だから絶対に値切り勝つことなんてできはしないのよ。

山で稼いでいるらしい男にとって、水がたっぷりと入る軽く丈夫な容器は貴重品だ。

必ず最後には折れる。別に小を五個、くれてやったってかまわない。ただ商品の価値は落としたくはないのだ。

「わがだ。小ぶたづ」

苦々しげな声音。聞き取り辛い言葉。「わがだ」としか聞こえないが間違いなく「わかった」と言っている。

安っぽいテーブルランプの前でにっこりと微笑んで見せる。

この笑い顔、男にはどう見えているんだろう？　色白だけが取り柄の十人並みの顔は男の住む場所ではきれいな部類に入るのだろうか？　それとももとんでもない醜女《しこめ》なのだろうか？　単に山姥《やまんば》の類《たぐ》いに見えているだけかも知れないけれど。

柚子は頰にかかる髪の毛を払い、傍らのスチールラックから左手だけで代価を取り出した。

大ひとつと小ふたつ。それは二リットルのペットボトル一本と三百五十ミリリットルのペットボトル二本。もちろん中味は空でキャップ以外の物は全て外してある。

無言で対価を男に渡し、ことさらおごそかな口調で、いつものように言い添えた。

「壊れたら燃やすように。燃やさないと、これは土に戻れず祟《たた》るから」

男の目に見慣れた怯《おび》えが宿る。ひったくるようにペットボトルを奪い取り、挨拶《あいさつ》もなく闇の中に走り去った。暗さに慣れた目に凸凹とした急斜面の道が見て取れる。悪

路をあの速さで走る男の健脚に今さらながら驚いた。きっと力もあるに違いない。万一、襲われたらひとたまりもないだろう。

もちろん、ほとんどの客は暴力をふるったり、力ずくで商品を奪ったりはしない。

ごく一部の例外を除いては……

男が枯れ葉を蹴《け》り上げる音が遠ざかるにつれて周囲の風景がぼやけ始める。針葉樹と広葉樹の交じった深い森が、石がむき出しの坂道が、道を埋めるように茂る名も知らない野草が、とろとろと闇に溶けるように消えて行き、濃密な夜が広がるだけになっていった。

窓の向こうがどっぷりとした闇だけになるのを確かめてからたてつけの悪い網戸、傷だらけのサッシ窓、レースと濃紺のカーテンの順に左手だけで閉じた。

右手をのろのろとテーブルの下から持ち上げると、その利き手は緊張に凝り固まり、じっとりとした脂汗にぬめっていた。両手をウエットティッシュで拭《ぬぐ》い、手のひらを揉《も》みながら商いが終わった安堵《あんど》を嚙《か》みしめる。とても短いやり取り。けれどもひどく疲れる時間。冷えてしまったお茶を淹《い》れなおすために立ち上がると、継ぎ目の開いたフローリングが、ぎぃ、と不快な音を立てた。

今、カーテンを開いたら錆《さ》びついた街灯と近隣の部屋の灯りがまばらに見えるのだろう。地面から生える痩《や》せた白樺《しらかば》の梢《こずえ》が間近に茂っていることだろう。

異界に通じるひとときは終わった。取り引きも今夜の分は終わった。男が持って来る肝はネット売買で意外なほど高値がつく。

実際は国際条約で禁じられているとか国産はできないとか、いろいろと縛りはあるらしい。だが「いただきもの。素人のため真偽は判断不能。画像のみでご判断くださ い」とだけ書いて売りに出す肝には驚くほど良い値段がつけられる。その筋の業者に人気があるらしく、出すたびに特定の買い手が値を吊り上げてくれるのだ。

手に入れた肝を写真に撮ってから冷蔵庫に放り込み、早速、インターネットの売買サイトにアップする。これで今夜の仕事は終わり。あとは値段がつくのを待つだけだ。

三十六歳フリーター。二年前に初婚。その後、夫と死別。今は独りぐらし。

そんな境遇でもこうして生きていけるのは、この不可思議な収入があるからなのだ。


からん、ころん……

からん、ころん……

カウベルを模したチャイムが控えめに響き渡ると、コールセンターの女達は先を争うようにインカムを外して席を立った。

休憩時間をフルに使うため彼女達は数分前から架電を控えてコール結果の入力に専念していた。運悪く話の長い客につかまったスタッフだけが「左様でございます」

「かしこまりました」と決まりきった文言を繰り返している。

柚子もインカムを引きちぎるように外し、のろのろと休憩室へと向かった。

「お疲れ様、柚子さん。もう仕事はなれた？」

「あ、はい、お疲れ様です」

返事はしたものの話しかけてくれた女の名前を思い出せずに少しの間、戸惑った。

ネームホルダーには姓が記載されているが、この職場では姓ではなく名前で呼ぶ習わしがある。二十代から六十代の主婦が多いから、夫の名字からも、子供の名前からも離れて自身の名を呼び合うのだとか。

とは言っても少数の独身者にとってはややこしい習慣でしかない。

「柚子さん、まだ名前がわからないんでしょ？」

ちりめん状の肌にピンクのチークが目立つ中年の女が言った。

「いっぱい人がいるんですもの。しかたないわ」

「そうそう、一度には覚えられなくて当たり前よ」

「あたしなんか覚えるのに三ヶ月以上もかかっちゃったんですよぉ」

休憩室でも、周囲から屈託のない声がかかる。

「ねえ、ところで柚子さん、独身ですって？」

向かいに座った、長い睫毛《まつげ》に巻き髪の女が聞いた。

「週に三、四日しか来ていませんよね。一人で生計を立てているんですか？」

横からライトブラウンの髪に大きなイヤリングを目立たせた若い女が尋ねた。

一昨日《おととい》だったか「ご主人はサラリーマンなの？」と聞かれて「独身なんです」と答えたことがもう広がっているようだ。

「柚子さん、お家《うち》でもお仕事しているのよね？」

「え？　ええ、まあ……」

「まあ、すごい。何をしているの？」

「いえ、あの、ちょっとパソコンがあるだけで」

少なくともこの時点で嘘はついていない。

「もしかして、ホームページを作っているの？」

「いえ、そういう訳では……」

「わかった、これ？」と別の女が、珊瑚色《さんごいろ》に塗られた指先でキーボードを叩く仕草をした。「ね、何か書いてるのよね？」

「わあ、何を書いているの？　何の雑誌？」

「収入ってどう？　家賃は経費で落とせるの？」

矢継ぎ早の質問。柚子はペットボトルから緑茶を飲みながら目を伏せて「いえ」「そういう訳では」の二言のローテーションで応じている。

「生活って不規則？　夜は遅いの？」

「家で働く時って、すっぴん？　顔を洗い忘れたりしない？」

詮索《せんさく》されたくない気持ちは通じない。

「あの、いいえ、書く仕事ではなくて……」

いい歳をした独身女が週三、四日のアルバイトで生活しているのだ。根掘り葉掘り聞くべきではないと思う。けれどもこの場でそんな価値観は全く通用しない。

「じゃあ、絵？　でなかったら写真でしょ？　そうよね？」

「いえ、その、写真なんて……」

「まあ、絵を描いているのね！」

「売るのって大変そう。画商なんかが来るの？」

「えーっ、どっちかって言うとイラストレーターですよねえ？」

曖昧《あいまい》な返答をするうち絵描き、それも売れてなさそうなイラストレーターにされたらしい。

話のテンポにも展開にもついて行けない。気の良い同僚達は彼女達なりのやり方で仲間に迎え入れようとしているのに、その好意に応《こた》えることができないのだ。

こんな自分も以前は営業職として会社勤めをしていたはずだ。上司や同僚との飲み会でも、取り引き相手との打ち合わせでも、笑顔で会話をしていたと思う。けれども

今、どうしてこんなに受け答えに難渋してしまうのだろうか。

黙り込むこともできず、明確な言葉も出せずにいる柚子のポケットの中で電話が、ぶるり、と振動を伝えた。

「あ、着信が……」

それを幸いに空になったペットボトルをバッグに入れて席を立つ。

「忙しいのねえ」

「あたし達みたいな普通の主婦とは違うわよねえ」

背後にさざめく様々な年代の女達の声。

わかっている。同僚達に悪気はない。単に好奇心を隠す術《すべ》を知らないだけだ。

それでも彼女達にはまともな夫がいる。きっと喰《く》うにも着るにも困らない。バイト代だって家計の助けと言いながら、なくても死にはしない嗜好品《しこうひん》や洋服代になるのだろう。

この苛立《いらだ》ちは無遠慮な質問のせいだけじゃない。根底にあるのはどす黒い嫉妬《しっと》と劣等感に違いない。

窓のない通路で着信音の切れた画面を見るとそこに残っている文字は実家の母の名前だった。かけなおさなくては、と思うけれども休憩時間は残り少ない。

後まわしにしてそれっきりになった電話が多い。どうせ言われる内容は同じだ。

「元気にしてるの？　ちゃんと食べてる？」

「仕事はどう？　就職はできそうなの？」

「たまにはそっちから連絡しなさいよ」

故郷の母も父も、彼等と同居する兄夫婦も、柚子を案じて電話をかけてくる。

けれども、いつも家族を喜ばせるような返事ができない。

今の生活の様を明かすことなどできない。明るくふるまうこともできない。ひたすら無難な言葉を選び、ただ曖昧に頷《うなず》きながら通話時間をやり過ごすのだ。

一度は実家に顔を出すべきなのだろう。けれども、物見高い田舎に帰省するのは気が重い。いわくありげな事故で夫を亡くした女に人々は好奇の目を注ぐことだろうし、父も母も世間体の良くない娘を周囲に晒《さら》したくはないはずだ。

何よりも夜に家を空けるのは躊躇われる。日が落ちた後は来訪者を待って窓の側で過ごさなければいけないのだから。アルバイトのない日の昼は小さな寝室で眠って過ごしたいのだから。

本業は夜の仕事。そう言うと水商売めいている。

けれども柚子の主収入は古びた窓越しに行われる、文字通り「闇の取り引き」なのだ。

いつ来るともわからない客を待ち、明け方まで窓辺に座る。あの闇がいつ訪れるか

わからない。もう二度と現れないかも知れない。実入りはあるけれど危うくて、あまりにも心もとない収入源だ。

　だから週に数日の仕事を入れた。低時給でも収入を確保しておけば、窓が闇に開かなくなっても生き延びられるはずだ。とは言っても、夜通し窓辺に座って過ごすせいで勤務中は身体が重く、いつも眠い。同僚達との会話も煩わしくてたまらない。

　休憩室に戻る気にはなれないからトイレの個室で閉じた便器のふたに座り、電話応対と質問攻めで凝り固まった肩を揉む。

　自分からは社交性が削《そ》ぎ取られてしまったのだろうか？　心を開く能力を失くしてしまったのだろうか？　子供の頃は問題なく周囲にとけ込んでいたし、長く勤めた企業では会話能力や営業力が評価されていたはずなのに。

「何をしてあげても嬉《うれ》しそうにしないんだな」

「俺なんかと一緒じゃ退屈なんだろう？」

　また唐突に夫だった男の言葉が蘇る。決して悪人ではなかった。むしろ心根は優しい人だったはずだと思う。朴訥《ぼくとつ》とした会社員で、安定した収入があり、酒や賭《か》け事に金を使う性癖もない。平凡な顔立ちに野暮ったい私服。かっこ良くはないけれど最初は大きな欠点も見いだせなかったはずだ。

　なぜ結婚して一年足らずで離婚話が持ち上がるような、そんな薄ら寒い関係に陥っ

てしまったのだろう？

何が悪かったのか考えてもわからない。

強いて言えば「相性が悪かった」という理由が妥当なのだろうか。

友達に誘われて婚活をしていた時に知り合った。不況のあおりで失職し、派遣社員として糊口《ここう》をしのいでいたから「正社員の妻」という響きに心ひかれた。三十代半ばで十人並みの容姿。高望みはせずに選び、選ばれた相手が前の夫だったのだ。

半年にも満たない交際期間でも幸せな結婚生活を作り上げるカップルはいる。けれども柚子達の場合「観察不足のまま入籍」と陰口されるような形になってしまったのだ。

文句なしに「良い人」だったはずなのに、と思う。女に不慣れな、いわゆる「ださい」タイプ。気に入られようとして裏目に出てしまう種類の人間だった。

婚約直後のバースデイにもらったピアスを思い出す。

「あ、かわいい……」

ラッピングを開いてあからさまに戸惑う柚子の言葉をその人はありふれた喜びの表現と捉えた。

ケースの中に輝くピアスはハート形にカットされたピンクトルマリン。名のある店の品とわかった。安い物ではないことも見て取れた。贈り物に感謝はしたけれど、三

十代半ばになって耳たぶにピンクのハートを飾れる女がどれほどいるのだろう。とっさに喜んで見せたものの、プレゼントは引き出しにしまい込まれたままになってしまったのだ。

行き違いのひとつひとつは小さなものだったと思う。それらが積もり、重なり、夫から「感情が薄い」「一緒にいても楽しくない」と言われるようになっていった。

その都度、真顔で話し合えば良かったのか。泣いたり、すねたりして甘えるべきだったのか。多くの女達に備わった家庭を作り上げて行く能力が欠けていたのかも知れない。

いずれにしても夫婦仲は早々に気まずくなり、別れ話が持ち上がり、その最中に夫は無惨な事故死を遂げたのだ。

苦い記憶を反芻《はんすう》しながら黄ばんだ棚のトイレットペーパーを見つめ、疲れの溜《た》まった眉根《まゆね》を揉んでいると、いきなり個室の外に同僚達の声が響き渡った。

「やだぁ、あと二分で休憩が終わっちゃう」

「お化粧なおす時間なくなっちゃった！」

「メイクしても男性はお腹ポッコリの係長だけだってばぁ」

遠慮ない大声と甘ったるい化粧品の匂い。

なんて朗らかで、愚かしく、そして、なんて生命力に満ちているんだろう。個室で

座ったまま生活感あふれる喧噪に感嘆した。

夜が恋しい。闇が懐かしい。心の奥がそう囁いていた。目の前の白いドアの向こう側より、古びた窓が導く怪しげな闇こそがしっくりと肌に馴染《なじ》むのだ。

「あらぁ、トイレ、誰か使ってるじゃない！」

外から聞こえるかん高い声。

「中にいるの、柚子さん？　ねえ、そうよね？」

「あ、はい」喉《のど》に詰まったような声で応じた。「すぐ出ます。すみません」

「いいの、いいの。急がないでちょうだい」

「そうそう、オシッコはゆっくりしないと膀胱炎《ぼうこうえん》になっちゃうわよぉ」

悪意のない笑い声が広がった。

「いえ、ストッキングをなおしてただけですから」

慌てて便器から立ち上がり、ドアノブに手をかける。

窓の外のあの暗闇も、この姦《かしま》しい職場も、どちらも自分にとっては紛《まご》うことのない現実だ。黙って受け入れて、無理にでも馴染み、生きる糧に繋《つな》げるしかない。

薄いドアを開くと女達の声がより大きく、迫るように耳に響き渡り、化粧品の匂いが鼻腔《びこう》になだれ込んだ。

柚子は身を鎧《よろ》うかのような笑みを浮かべ、女達の声がさざめくフロアへと歩み出て

行った。

夕食の後片付けを終えてから薄いお茶を飲み、何かのはずみで死後、口座凍結を免れた祖母の通帳を眺めてみる。

今回の振込額は数ヶ月分ものバイト代に相当していた。

これが安いのか高いのか考える。

元手はゼロに等しいのだから良い商いなのかも知れない。危険さや不安定さを考慮すれば安いと言えなくもない。

静かな夜。眠くなるのを待つはずの時間。けれども闇の商いがあるから気を抜けない。いつ微かな足音が聞こえて来るのかわからない。だから毎夜、くつろぐこともなく、音楽を流すこともなく、ただ耳をそばだてて明け方まで過ごすのだ。

濃紺のカーテンの中に散らされた白い小花模様。

それは何年か前に見た満天の星に似ていなくもない。寝転んで見た星空。つるり、つるり、と夜空にすべる流星群。腕枕をしてくれた十歳以上年上の男の体臭を思い出し、押し潰《つぶ》されそうな苦さを嚙み締めた。

ぽとぽと……

ぽとぽと……

前触れもなくその響きが部屋の中に伝わった。朽ち葉を踏む音もなく、何者かが訪れる気配もなく、突然に網戸を打つ弱々しい音が聞こえて来たのだ。

「どこの者？」

殺風景な部屋の中、カーテンの小花模様が、ゆらり、と隙間風に震えた。

「溜《た》め池《いけ》の村」

カーテンの向こうから聞き覚えたしゃがれ声が耳に届く。

「溜め池」がどんな漢字なのか、本当のところはわからない。もしかしたら「亀池《かめいけ》」や「種井家《たねいけ》」と言っているのかも知れない。あるいは「ため息《いき》の村」などという、古い映画にでも出て来そうな名前なのかも知れない。

真相などわかりはしない。知る必要もない。ただその名前には馴染みがあったから右手をテーブルクロスの下に隠し、カーテンと窓を左手だけで引き開けた。

「いらっしゃい」テーブルランプの灯の中で問う。「何を持って来たの？」

網戸だけが隔てる闇の中に、ぼんやりと浮かび上がった痩軀《そうく》の男。藁の束をかぶったようないでたち。周囲の裸木の様子から晩秋であることがわかるのに、素足には粗末な草履のような物をひっかけただけだ。

「穀物？　それとも薬草？」

薬草の方が良い。その方が荷造りしやすいし送料も安く済む。

「草」

男が節くれ立った指で、より深い背後の闇を指差すと、初めて見るがっしりとした人影が乾いた草の根を片手で抱えて立っていた。

「見せて」

細く網戸を開けると手前の男が一本を抜き取って差し入れた。

萎《しな》びたゴボウのような枯れ草の根。少なくとも柚子の目にはその程度にしか映らない。

お決まりの鑑定士の仕草と表情でかさついた根に鼻を近づけると鼻腔に満ちるのは土の匂いと日なたの香り。次に圧倒的な薬臭さが口腔や喉の奥まで流れ込んで来た。嗅覚《きゅうかく》が記憶している。この根には高値がつく。名前は何と言ったっけ？　以前、調べたはずだが覚えてはいない。確か絶滅に瀕《ひん》した薬草だったはず。

いずれにしても「いただきもの。素人のため真偽は判断不能。画像のみでご判断ください」の三文と写真だけで常連が良い値をつけてくれる品物だ。

「それ、全部？」

いかつい男の持つ束を眺めながら尋ねると、痩せた男が、こくり、と、顎《あご》を喉仏に打ちつけるような頷き方をした。同じ言語のはずなのにお互いに聞き取り辛いから言葉は短くする。むしろ身振り手振りの方が伝わりやすいほどだ。

「大ひとつ」

柚子が値をつける。

痩せた男が黒ずんだ指二本を立てて応じる。「大たつ」と聞こえるが、これは「大《でえ》たつ」「ふたつ」と言っているのだ。

首を横に振ると、肩までの長さの髪がぱらりぱらりと夜風に冷えた頬を打った。不揃いな毛先。こめかみより下はぱさついたダークブラウンで上の方は黒いままだ。

目の前の男達が惚《ほう》けた目をして揺れる髪を見つめた。わざと左手の中指で髪をかきあげると、二人は喰い入るようにその仕草に見入ってくる。彼等の村にこんな髪の女などいないのだろう。耳にピアスを通し、手首に石を飾る習慣もないはずだ。

「大ひとつに小ひとつ」

なるべく温和に微笑みながら言うと、痩せた男は間の抜けた表情のまま、こくり、と浅く静かに頷いた。

同意の仕草に、するり、と全身から力が抜けた。

ああ、嬉しい。今夜の取り引きはこんなにもあっさりと片付こうとしている。

溜め池の村の男はいつも延々と商いを引き延ばす。求める代価を簡単に減らそうとしない。値切ると草の量を減らすこともある。持って来る品は良いけれど、かけ引き

の長さと報酬を求める粘っこさにいつも辟易《へきえき》していたのだ。

長いやり取りを覚悟していただけに短時間で終わるのはひとしおありがたい。

草を持った大柄な男がのそりと歩み寄る。近づくにつれ、その大きさ、いかつさに驚いた。痩せた男より頭ひとつは大きいだろうし、腕の太さなど倍もあるのではないだろうか。

網戸を広目に開けると男が巨軀をかがめて片手に持った根の束を差し入れた。

左側のスチールラックからペットボトルを取るために、一瞬、男達から視線を外す。

その時、目の端が、巨大な肉体の俊敏な動きを捉えた。

気づいた時は遅かった。柚子の左腕は男の太い腕でテーブルに押さえつけられていたのだ。

抗《あらが》う術などなかった。悲鳴をあげようにも喉が強《こわ》ばってひきつったような吐息が漏れるだけ。

左手を押さえつけた男が土まみれの脚で窓を跨《また》ごうとしていた。

背後の貧相な男が聞き取り辛い声で何やらわめきたてている。

大男の片足がテーブルの上に乗せられるのが、妙に間延びした画像のように目に映った。

ああ、襲われる。奪われる。きっとこの住処《すみか》を荒らされる。

瞬間、忘れたくても忘れられない、あの忌まわしい音が耳朶《じだ》を刺すように蘇った。

それはマンションの最上階から落下した人体が潰れ、ひしゃげる音。

続いて階下から響いたかん高い悲鳴。そして、視界が暗転する時の不気味な浮遊感。

閃光《せんこう》のように鼓膜を貫いた幻聴が、クロスの陰に隠した柚子の右手を突き動かした。

利き手に握りしめたそれを大男のむき出しの首に押し付け、親指で強くスイッチを押す。

サッシ窓の向こう側とこちら側。そのふたつにまたがる静寂を電気音が鈍く切り裂き、巨軀の男は口角に泡を吹き上げて悶絶《もんぜつ》した。

右手に握りしめていた物は、青白い電流を放つスタンガン。

闇から訪れる者共は邪心を起こさない限り、テーブルの下に隠された右手を目にすることはない。善良な常連客などその片手を動かないものと思っているほどだ。

テーブルランプの灯の中、ばらばらと薄茶色の根が散らばり、窓から吹き込む森の風が冷たく髪をいたぶった。

こんなこともある。法も秩序もない闇の窓を通して行われる取り引きだ。

異界から来る者共が相手だから、自分の身は自分で守らなくてはならないのだ。

鋭利な燐光《りんこう》を目の当たりにして小柄な男が、へたり、と濡《ぬ》れた土の上に腰を崩し、がちがちと歯を鳴らし始めた。

「二度と来るな」

言い放って椅子に乗り、テーブルの上で泡を吹く男を外に蹴り出した。

振り上げた足下から夜風が吹き込み、厚手のスカートを、ばさり、と大きくはためかせる。

巨体が地面に落ちる鈍い振動。下敷きになったらしい痩せた男の呻《うめ》き声。

彼らの頭上で黒々とした梢が、ぞわぞわ、ぞわぞわ、と蠢動《しゅんどう》するかのようにざわめいていた。

それらの音を聞いて柚子は、にやり、と笑う。

だって八階のベランダから人が落ちて潰れる音に比べて、ずいぶん穏やかなんだもの。別に死ぬような落下じゃないでしょう？　だからちっとも怖くなんかないのよ。

痩せた男がひくひくと嘔吐《えず》くような声を漏らして大男の下に這《は》いつくばっていた。

「二度と来るな」もう一度、ゆっくりと言う。「また来たら、溜め池の村を祟る」

もちろん自分に人や村を祟る力などない。けれども武器の威力と光に怯えた男達にはこの言葉だけで十分な呪縛《じゅばく》になることだろう。

震え頷く男を視界の正面に捉えながら、滑りが悪い網戸とサッシ窓を閉じた。

鍵《かぎ》をかけ、濃紺のカーテンを引くと今さらのように震えが全身を駆け抜ける。

恐ろしい。ひとつ間違えば男達にこの小さな武器すら取り上げられかねなかった。

そうなったら自分はどんな目にあわされていたのか。

生き地獄なら夫が死んだ後に味わった。ただそこでは法とか人権とかいうものが、ある程度、幅を利かせていた。

異界に続く窓を通した売買には規則も倫理もありはしない。

訪れるのはいわくありげな者が多い。薄汚れた着物の裾《すそ》をべっとりと血に濡らした女が来る時もある。両手の指が欠けた裸に近い男が現れた夜もある。明らかに色子と知れる端麗な少年に跪《ひざまず》かれたこともある。

今、カーテンを開いたら見えるのはあの森の黒々とした闇だろうか。それとも貧しい団地のうらぶれた夜景なのだろうか。

開けてみる勇気などありはしない。だから明かり全部をつけ、わざと騒々しくテレビを流し、自分が生活する世界を嚙みしめようと試みた。

響くのはバラエティ番組の喧《やかま》しいだけの声。室内を照らすのは無機質な白色灯。

震える手でマグカップを唇まで運び、晩秋の外気に冷やされたお茶を乾いた口に流し込む。さらさらとした液体が喉を流れ落ちると震えも怯えも徐々におさまっていくようだ。

押さえつけられた時、一瞬、再現された鈍い音。

今もありありと、おぞましい風景が蘇る。

ま新しいマンションの最上階。ベランダに吊った室外機にひっかかったタオルを取ろうと脚立に乗る夫。側で鉢植えを日なたに移す柚子。その時、吹きつけた一陣の突風にあおられて夫は体勢を崩し、そのままベランダの外に放り出されてしまったのだ。

手すりの向こうの夫に手をさしのべられなかった。突然のできごとに動くことすらできなかった。不幸な事故だったと思う。どうしようもなかったと、今は考えている。

ただ、柚子が側にいたのを近隣の住民が見ていたこと、夫婦が離婚調停中だったことが不運に拍車をかけたのだ。

「奥さんはご主人が落ちて行くのを黙って見ていた」

「助けようとする気配はなかった」

その場を見ていた住民達はそう言った。中には、

「二人は争って、もみ合っているようにも見えた」

などと言い出す者まで出る始末だった。

非常時に身体が固まって動けなくなる……そんなよく聞く現象でもあの状況なら疑いが雨霰《あめあられ》と降り注ぐ。

もし身体が動いていれば。ほんの少しでも助けるそぶりができていたならば。

突風でバランスを失った大の男を救えたとは思わない。少なくとも悪夢のような嫌疑や、年老いた舅《しゅうと》や姑《しゅうとめ》からの罵倒《ばとう》は避けられたのではないだろうか。

「良く笑うのが取り柄の優しい息子が……悪い嫁をもらったばかりに」

遺影を抱いた義母の咽《むせ》び泣きが今も耳にこだまする。

「あんたが息子から笑顔も、命も喰いむしったんだ」

弔問客の前で義父にわめかれたこともある。

何も言い返せなかった。自分には自分なりの言い分があったはずなのに、罵《ののし》られ、誹《そし》り倒されると、思考が言葉にならず、ただふわふわと身体から抜けてしまうだけだった。

後悔なら骨身に沁みている。あの時、味わった地獄がある。だから非常時に身体が硬直するなどという醜態は二度と演じはしないのだ。

闇の取り引きで危機が訪れるたび、夫が命を失う瞬間の、あの忌まわしい音が耳に響く。

そんなろくでもない経験がなければ女一人で闇を抜けて来る者共と渡り合えるはずもない。武器があるとは言ってもいつ盗人《ぬすっと》に豹変《ひょうへん》した者共に蹂躙《じゅうりん》されないとも限らないのだ。

義父の罵りを思い出しては自嘲《じちょう》する。「喰いむしる」という言葉がひどく自分に相応しく思えて、自らを貶《おとし》めるように嗤《わら》ってしまうのだ。

窓辺から追われた哀れな者共のことを思う。みすぼらしい身なりから考えて、あの

男達も豊かではあるまい。喰うのがやっとの中、薬草を探し、疲れた身体で灯もない夜道を歩いて来たのだろう。

それをごみに出すだけの物と引き換えに取り上げ、高値で売り捌《さば》いている。「喰いむしる」のが自分なら、これほど相応しい生業《なりわい》はないはずだ。

因業な山姥？　それとも妖術《ようじゅつ》を使う女狐？　いずれにしても、ここを訪れる者達の目にはまともな人間に見えていないはずだ。

かまわない。テーブルの上に残された草を拾いながらそう考える。

物の怪《け》にでも、化け物にでも徹してやろう。夫の両親にとって息子の命を喰いむしり、災いをもたらした嫁ならば、闇の窓の向こうでどう思われようと、悪し様に語られようとかまいはしないのだ。

ぽとぽと……

ぽとぽと……

テレビ番組のけたたましい音の合間を縫うように微かな振動が再び耳に届いた。

草を集める手を止めて紺色のカーテンに視線を投げかける。

ぽとぽと……

ぽとぽと……

間違いない。小花模様のカーテンの向こうで誰かが網戸を打っている。

テレビを消して、その気配に耳をそばだてた。確かに何者かが古い網戸を弱い力で打ち続けている。

めずらしい。一晩に二組もの客がここを訪れるのは初めてだ。

どうする？　柚子は迷う。

溜め池の村の男達が仲間を引き連れて戻って来たのかも知れない。

もしかしたら今度は大人しい常連客が良い品物を携えて来たのかも知れない。

商い相手がいつ来るかは予想できない。誰が来るのかもカーテンを開けるまでわからない。週に一度の割合で来る時もあれば、数ヶ月もの間、誰も訪れない時期もある。何度も来る客もあれば、一度しか姿を見せなかった者もいる。いつ終わるとも知れない商い。もしかしたらもう二度と機会はないのかも知れないのだ。

ぽとぽと……

ぽとぽと……

濃紺の夜空のようなカーテンの向こうから、闇に誘うかのような響きが伝わる。

開けようか？　開けるのをよすべきか？　柚子は迷う。

今度は何が来るのか？　質《たち》の悪い者共が来たりはしないだろうか？

ぽとぽと……

ぽとぽと……

迷いながら歩み寄ると、たてつけの悪い窓を抜けた隙間風が、すぅ、と頰を撫《な》でた。
続けていいのかしら？
やめるべきではないかしら？
迷いながら天井の白色灯を消した。
紺色の生地にかかる自分の指が白い。
喰いむしり続けていいのだろうか？
こうやってしか生きていけないのかしら？
迷う心を振り切って、夜空のような色のカーテンに向かって問う。
「どこの者？」
そして柚子は今夜も、闇の窓からの返答に耳をそばだてるのだった。

やみ織

今夜、月蝕《げっしょく》がある。

寝返りを繰り返しながら柚子はそれを思い出した。

このうら寂しい団地でひとりぐらしを始めて数週間。今夜も寝付けそうにない。

陰ってゆく月を見たい。白い満月が赤銅色に暗転する様を眺めたい。

だから夜半に起き出し、南東に向かうリビングの腰高窓を開いたのだ。

見上げると窓の向こうには薄靄《うすもや》のかかる天空。朱盆のように泥《なず》んだ月は淡く瞬く星々を従えていた。

曇りなく輝く月よりも、陰に冒された月の冥《くら》さが好ましい。

清浄な白さが暗紅色に淀《よど》む様が心地よい。

濁った月光を浴びて、忘れていた微笑みを頰に蘇《よみがえ》らせた時、木の葉のさやめきに混じって、細い、細い女の声が聞こえて来た。

「かみさん……かみさん……」

土の匂いを含む風が吹き、頭上で梢《こずえ》が、そわり、そわり、と揺れた。

視線を地上に引き下ろすと窓のすぐ下にはみっしりと草が生い茂る地面。

近場には細かい葉をさざめかせる広葉樹の林が広がっている。

ここは郊外の古びた団地。転居してきたばかりだけれど、近くに森のような茂みなど見た覚えはない。木と言えば骨のような白樺《しらかば》がまばらに植えられていただけのはずだ。

「かみさん、本当におざるとは……」

声の方に目をやると、そこには背の低い一群の雑木。野分の後のように割れた草叢《くさむら》の中に一人の女の立ち姿が見て取れた。

女と言うよりは娘と呼ぶのがふさわしい。

首から腕へと滑り落ちるような撫《な》で肩に、細い絵筆で刷《は》いたような目と弧を描く眉《まゆ》。背中に流れる黒髪が藍色《あいいろ》の和服と暗い色調で混じりあい、背後に照る暗紅色の月がまるでほの昏《ぐら》い後光のようだ。

ここは三階。腰高窓のすぐ下に地面などあるはずがない。けれども今、雑木と草の生い茂る大地が窓の間際に広がっている。

ああ、やっと眠れたのね。眼前の不可思議な光景にそう思う。

久しぶりに魘《うな》されずに済む夢に巡り合えたみたい、とも考える。

夜空に向かってぞよぞよと伸びる枝葉が朧《おぼ》ろな月光に艶《なま》めき、温《ぬる》い風がゆるゆると頬を撫でた。

「ああ、森のかみさん、おざるとはありがてぇ」

娘が唱えるように呟《つぶや》きながら、そろり、そろり、と歩み寄る。

どこからともなく微《かす》かな水音が響き、頭上にはひそやかな葉音がそよいでいた。

なぜ、あの時、窓を閉じなかったのだろう、と後に柚子は考える。

あり得ない風景が広がっていたら窓を閉ざすのがまっとうな反応だろう。

カーテンを開いたまま立ち尽くし、魅入られるように眺めていたのはそこに立つ娘があまりにも細く、儚《はかな》げだったからだろうか。

外の風景が幻のようにぼんやりと靄にかすんで見えたせいだろうか。

本来なら窓から見えるはずのものは痩《や》せた白樺と虫の死骸《しがい》がこびりついた街灯、細かなひびの走る隣の棟の壁。それだけのはずだった。

暗朱の月が運んだ不可思議な夢。

あるいは病んだ心がささくれた団地街を幽幻境に塗り替えたのか。

眼前の娘の白い頬の中、ふたひらの唇がぱっくりと上下に割れて、またか細い声を発した。

「かみさん、森のかみさん、拝ませてけれ……」

『かみさん』というのは『女将《おかみ》さん』のことだろうか。そう思って片頬を吊《つ》り上げて苦笑した。

世間ではそれなりの年齢の者を一律に既婚者と決めつける。縁遠い者や柚子のように手痛い婚姻解消をしたばかりの人間をも人々は情け容赦なくそう呼ばわる。この悪習は夢幻の中でも同じらしい。

そんな思惑など気づきもしない風情で娘はそっと地面に跪《ひざまず》いて両手を合わせた。細い身体に纏うのは藍色の和服。項《うなだ》垂れる頰に幾筋もの黒髪が垂れ、袖口《そでぐち》から覗《のぞ》く上腕が白々と紅《あか》い月光に浮かび上がった。

「かみさん、かみさん……」

娘が合掌の向こうから詠じるように語りかけた。

「まめに稼がせてけれ。豊作なってけれ。織り、達者にしてけれ」

ぶつぶつと呟くような声。くぐもって聞き取りにくい言葉。その仕草から彼女が自分を祈り、崇《あが》めているのが察せられた。

「まめでいさせてけれ……畑、虫が出んようにしてけれ……」

願われても叶《かな》える力などない。

賑《にぎ》わいから取り残された場所に住み、近場に親族もなく、小さな企業で契約社員を始めたばかりの身の上だ。人の望みを成就させるなど、できるはずもない。

「夏、照らねえように。大風、ねえように……」

独り言《ご》ちるように重ねられてゆく不明瞭《ふめいりょう》な祈り。

天空には赤黒い円球と化した月が浮き、さわり、さわり、と木枝が揺れる。びゅう、と土の匂いを含む風が頭上の梢を嬲《なぶ》ると心の奥がぞわぞわと不穏に揺れた。

夫を亡くして、追われるようにして辿《たど》り着いた場所。

息子殺しと罵《ののし》る義父母から身を隠せればいい。揣摩《しま》臆測《おくそく》で誹謗《ひぼう》する人々に嗅《か》ぎ付けられなければいい。ただそれだけで逃げるように移り住んだ。

「かみさん……」

跪く娘が合わせた手の向こうから、探るようにこちらを見上げた。

こめかみに切れ上がるような目尻《めじり》。真っすぐな睫毛《まつげ》と淡い茶色の瞳《ひとみ》。

「かみさん、拝み過ぎか？　頼み、多いか？」

「あ、いいえ……そんな……」

問われても答える言葉がない。拝まれても叶える力などないのだと、落ちぶれてここに住む平凡な人間の女に過ぎないのだと、どう伝えればいいのだろう。

「かみさん、供え物、させでけれ」

娘がゆらりと立ち上がり、片足をずるずると引きずりながら窓辺に歩み寄った。

「大したもんでねぇども。これしか供えられねぇども」

囁《ささや》くように、呟くように言いながら、娘は懐の中に抱えていたものを窓辺に並べた。

それは小粒な、丸い果実だった。

月が産み落とした仔《こ》のような鬱金色《うこんいろ》の実がいつつ、むっつとくすんだ銀の窓枠に並べられ、娘は再び跪いて合掌した。

「かみさん、おれは……」

娘は自分を『おれ』と呼ぶ。それがこの者の住む場の習いなのだろう。奇異ではあるけれど違和感はない。

「おれは」と合掌しながら再び言った。「野良の仕事が遅《おせ》ぇぐで……役立たずだと、穀潰《ごくつぶ》しだと言われるんしども……だども、おれは織り、達者で……」

聞き取りにくい述懐だった。同じ言語だとはわかる。おおまかな意味なら理解できないでもない。

「おれは野良、遅ぇ。のろい。力も、ねえ。だども、織りは按配《あんばい》がええ。おれはこの歳で村の誰にも、織りは負けねぇ」

卵型の顔の中で二枚の唇がひらひらと蠢《うごめ》き、見え隠れする白い歯が星と月の微光をわずかに照り返した。

繰り返される祈り。きっと答えなど欲してはいない。ただ口にしたい、聞かれたい、あわよくば叶えられたい。多分、相槌《あいづち》など返す必要はない。

けれども、と柚子は思う。突然であるにせよ、祈られ、拝まれるのは、悪いものではない、と。

打ちのめされて隠れるように生きる自分。人殺しと罵られることはあった。陰口に晒《さら》されることもあった。けれども夢とも現《うつつ》ともつかない幽幻境で崇められるのは奇妙な優越感をもたらしてくれる。

月の片縁が白い光輝に縁取られる頃、拝み続けていた娘が細い顎《あご》を、すぅ、と持ち上げて天を眺めた。

もう戻らなければいけないのだろうと察する。

異界だろうが、仙境だろうが、夜闇は女にとって長居するべき場所ではない。

「ずいぶん遅い時間みたいだけど、帰らなくて大丈夫？」

尋ねた言葉は通じた様子もなく、木の葉が斑《まだら》を作る月光の中、ただ不可解そうな表情で眺められるだけだった。

「もう遅い。戻れ」

なるべく簡潔に言ってみる。すると相手は初めて理解した風情を見せて、こくり、と細い顎で頷《うなず》いた。

娘は傍らから取り上げた枝に半身を預け、ぎこちなく立ち上がると、ずるり、ずるり、と片足を引きながら歩き始めた。

「ねえ、どうしたの？　どこか怪我しているの？」尋ねた後、あわてて簡略に訊《き》きなおす。「足、悪い？」

振り向いた切れ長の眼差《まなざ》しが、縋《すが》るように見上げた。

「来る時、ひねって……」

眉間《みけん》に浮かんだ縦皺《たてじわ》と唇を嚙《か》む歯が痛みのほどを告げていた。

足元を見ると、擦り切れた着物の裾《すそ》から覗く踝《くるぶし》が大きく腫《は》れている。

家はどこなのか。木立を抜ける隘路《あいろ》を歩き戻ることができるのか。

見放せなかったのは落ちぶれた自分を崇めてくれたためか。それとも月と木立とせせらぎが蠱惑的《こわくてき》だったからなのか。

娘を手招いて窓の近くに呼び寄せた。ダイニングの薬箱にはありふれた医薬品が常備されている。その中から湿布薬を取り出して娘に差し出した。

受け取る手と自分の手が至近に並ぶと、皮膚の色の違いが明らかになる。月光の中で白々と見えていた肌だけれど、間近で見ると幾重にも日焼けを重ねたような煤色《すすいろ》をしていた。

貼るように、と身振りで伝えると、察したように踝にそれを貼った。

身体に似合わない太い指。土が挟まって黒々と汚れた爪。そのいかつさ、荒々しさが、貼り薬の白さを痛々しく引き立てた。

「かみさん、どうも、どうも」

娘は跪いて繰り返す。この腫れ具合では木の根が張った小径《こみち》を歩くのは辛《つら》いだろう。

けれども窓の内側に招き入れるほどの勇気はない。

反射的に手許《てもと》にあった鎮痛剤のパッケージから一錠を取り出して差し出した。

「飲め」

なるべく簡素な言い方を選び、口の中に薬を入れて飲む仕草をして見せる。相手は理解した様子で、ころり、とそれを口中に転がし入れ、苦みを伝えるかのように黒く焼けた顔を歪《ゆが》めた。

水が必要だったかしら。そう思い、手許にあったペットボトルも差し出した。

「あげるから、それを飲んで」

ボトルを渡してそう言ったら、また怪訝《けげん》な顔をされた。

ああ、そうね、この子には普通に喋《しゃべ》っても通じないのね。

「飲め」

言いなおすと娘は頷いて飲み口を唇にあてがい、こくり、と細い喉《のど》を上下させた。

幽玄な怪異の中、あまりにも日常的なことばかりしていたと、後々、思い返す。不可思議な状況に陥っても人は常に習い覚えた動作しかできないものなのだろうか、と。

「戻れるか？」

短い言葉で問う。

「かみさん、どうも」眉根に苦痛を浮かべたままの礼。そして絞るような声が「戻れ

る」と続いた。

　ふう、と小さく息をついて、娘は押し頂《いただ》いていたボトルを返そうとする。

「返さなくて良いの。あげる」と言ってから「やる」と言いなおす。

　日焼けした顔に理解の表情を見せ、娘はペットボトルのすべすべとした肌を頬に押し当てた。その感触を味わい、愛《め》でるように頬を擦り付け、ごつごつとした手指で無機質な器物を撫で続けた。

　なま温かい初夏の風が窓の外に流れる。あわあわとした靄が眼前の風景をにじませ、薄物を纏《まと》ったように仄《ほの》めく月が木立に傾き入ろうとする頃、娘は木の枝の杖《つえ》に縋り、頼りなげな足取りで小径の奥へと歩き去ったのだった。

　ぴたり、ぴたり、と土を踏む音が樹々の彼方《かなた》に消えて行く。

　何度も窓辺を振り返り、憧憬《しょうけい》を込めた眼差しで頭を下げる姿が目に残る。

　もう夜も遅い。月も彼方に傾いている。

　今、ベッドに入れば眠れるだろうか。ほんの少しでも休めるだろうか。

　明日の朝も早い。夜が明けたら仕事に行かなければいけないのだ。

　そろり、そろり、と忍び足で寝室に戻る。

　遠慮する同居人などいない。けれども夜になれば息をひそめ、足音を殺して室内を歩く。いつの間に怯《おび》えるような、盗人《ぬすっと》のような歩き方になってしまったのだろう。

「柚子の足音がうるさいんだよねえ」

こんな夜は亡夫の言葉が蘇る。

「もの静かな子だと思って結婚したけど、歩き方ががさつだなんて知らなかった」

眠りの浅い夫は夜中に目を見開いてそう言っていた。

怒るでもなく、不機嫌を露《あら》わにするわけでもない。ただ、福々しい顔つきで夜ごと言われ続けると、自分がひどく粗野な女に思えてくるのだった。

今はひとり住まい。遮音性など高いはずもない団地でも、下の階から苦情が来たことはない。けれども空巣のように足音を殺す習性は消えてくれそうにない。

眠れるだろうか。また寝返りを繰り返すのだろうか。

どんよりとした疲労を感じながら忍び足で寝室に戻って行くのだった。


モニターの中に入力画面が広がり、右上にドット抜けがちかちかと瞬いた。

複雑なソフトウェアではない。受注品のコードと品名と注文情報を入力する。進捗《しんちょく》状況項目をチェックし、送られて来た経過報告書を添付して保存する。それは入社したばかりの派遣社員が任される初歩的な業務だ。難しい内容では決してないはずなのに、教えられた知識もマニュアルも何やら意識の表層を上滑りしていくようでなぜか頭の中に入って来ない。

いずれ営業として業者対応に出てもらいたい、と上司が言っていた。社員への登用もあり得ます、と派遣会社の担当者が意欲を煽《あお》っていた。

「正規雇用になれば理想的じゃないの」

「この年齢から正社員なんて、なかなか考えられないから」

故郷の父母も兄夫婦も喜んでいた。

そんなものかと思う。派遣先で日々、長時間の勤務を続ける社員達を見ていても正規雇用になりたいという思いが湧いて来ないというのに。

結婚前は正社員として長く働いていた。けれども業績が落ちたらまるで秋の樹が枯れた葉を落とすように人も次々と切り捨てられた。

「柚子が前に勤めてた会社って、吹けば飛ぶようなところだったんだね。びっくりしたよ」

以前、夫にそう言われたことがある。

かつての勤務先名を聞かれ「景気が悪くなってから大幅に業務を縮小しているけど」と前置きして答えた。そして言われたのだ。

「社名を調べてみたよ」「不況ものり切れないような会社に、十年以上も勤め続けるなんてすごいなあ」と。

夫が言うことは事実だ。退職者募集を受け入れ、愛想を尽かして辞表を出した職場

だった。けれども、面と向かって言われると辛い。塵芥《ちりあくた》のような組織でも、自分がそこで奮闘していた時期が確かにあったのだから。

「だからさ」と、続けて夫は微笑みながら言った。「もう中小企業でじたばたしなくていいんだよ。安定した所に勤める僕の奥さんになれたんだからね」

自分をアピールしたい一心だったのだろう。こんな言い回ししかできない不器用な人だったのだ。わかっていた。だから薄く湧き上がる不快感を抑え込んだ。

見た目がかっこ良くて、気取った男が同じことを言ったら怒ってみせたかも知れない。見苦しくない程度に野暮ったく、垢抜《あかぬ》けなさと朴訥《ぼくとつ》さばかりが目につく夫だから傷つきながらも大目に見てしまうのだ。

忘れ切れない過去を思い出しながらキーボードを打つと、暗色の画面の中でドット抜けがまたちらちらと揺れた。

その様は薄雲の中に瞬いていた南天の一等星に似ていなくもない。

あの娘は何者だったのだろう、とあらためて考える。

「……かみさん」

呼ぶ声が遠くに聞こえたような気がした。

「かみさん、森のかみさん、拝ませてけれ……」

またあの声が蘇る。

薄暗いオフィス。狭苦しいパソコンブース。からからに乾いた空気の中、黙々と単純作業をする自分を崇めた声が意識の中に谺《こだま》する。

あの後、明け方まで寝返りを繰り返し、浅く、断続的な眠りを経て迎えた朝には窓辺の怪異を一夜の夢と信じ込んでいた。

けれども身を引きずるようにしてダイニングのカーテンを開いた時、窓枠の上に並べられたままの黄色い小粒な果実を見つけたのだ。

ところどころに茶色い斑のあるそれは近隣で売られているフルーツとは明らかに異なっていた。野の風情を宿した実は不揃いで、細かな傷みもあれば虫喰《むしく》いもある。触れれば皮は硬く、表面を撫でると、ざらり、と、密生したうぶ毛が指先を弄《いら》った。

遥《はる》か郊外の団地。とは言っても野とも山とも遠く、果物が実るような樹木など育ってはいない。

三階の腰高窓のすぐ下に広がっていた地面。

薄靄のけぶる闇の中、頭上にさやめいていた枝葉と朱盆のような昏い月。

そしてそこを訪れた、聞き取りにくい祈りを唱える娘。

青白いモニターの周辺に、昨夜、窓越しに見た異境が蘇り、指先が触れるマウスの丸みが黄色い果実の手触りに変じたように思えた。

「……さん、ちょっと黒崎《くろさき》さんてば！　聞こえてますか？」

呼ばれ続けているのが自分の名字——それも復氏届を提出して戻した結婚前の姓——であることに気づくのに、少し時間がかかった。

ああ、そうね、今いるのは、あの夜の窓辺ではなかったのね。

そう認識するのに、また幾許《いくばく》かの間が過ぎた。

「黒崎さん、何をぼんやりしてるんですか？　僕、ずっと呼んでいるんですよ！」

目を上げると、デスクの脇に若い男性社員が生真面目な表情で立ちはだかっていた。

出力紙の束を持った細い指。その清潔さに一瞬、目が吸い寄せられる。

「黒崎さん。仕事中に何を考え事しているんですか？　困るんですよね、そんなんじゃ。おまけに入力、違っているし、全部！」

厳しげな注意なのに怒りは含まれていない。むしろ芝居がかったような、おどけた言い方に周囲の派遣社員が入力の手を止めて少し笑った。

「伝票番号が間違っていますよ。聞こえていますか？　気をつけてくださいね」

「え、番号……？　伝票？」

「さっき説明したでしょ。八桁《けた》の番号が二種類あるから気をつけてって。Kで始まる方は製造伝票番号で受注報告番号はYで始まる方って、僕、言いましたよね？」

「あ、番号……」

言われたような気がする。いや、確かに言われていた。

「すみません。不注意でした」

逡巡《しゅんじゅん》の後の声は驚くほど上ずっていた。横目で見ると周囲の新人の席にある未入力の紙束は自分の席にあるそれよりもはるかに薄い。

効率が悪い。さらにミスもしている。

なぜこんな失態を……？

「吹けば飛ぶような会社」だったとはいえ、そこそこ仕事はできると言われていたのに？

「必ずいるんですよねえ、こういう新人さん」皺ひとつないワイシャツ姿の社員が冗談めかした声で言う。「営業ツールになれているから、ついサクサクッと前のとこの方法でやっちゃう。優秀にお勤めしていた人に限ってやらかす、あぶなーい落とし穴！」

おどけた物言いがぎこちなく、周囲のデスクからつきあうような笑いが漏れた。多分、彼は知り合って間もない年上の人々の前でさらりと冗談を言える性格ではないのだろう。

「はい、これ。自己責任でビシッと、バシッと訂正しといてくださいね」

目の前に、ぱさり、と紙束を置く指が白く細い。

昨夜、野の桃を窓枠に置いた黒ずんだ指とは違う。男性なのに、とても細い指、飾

り物のような薄い爪。そこには固く膨らんだ節など、ありはしない。

「黒崎さん、どうしたんですか？　ぼんやりしてるけど、どっか具合が悪いとか？」

案じる声が少し遠い所から聞こえるような気がする。

「すみません。気をつけます」

その答えを聞いて、男性社員は「ひとつ、よろしく」と、不器用に親指を立てて笑った。

気さくさを張り付けた笑顔。けれども銀縁の眼鏡の中で細めた目は充血し、下瞼《したまぶた》のあたりには蒼《あお》い隈《くま》が沈殿している。

小耳に挟んだ彼の噂を思い出す。

「二ヶ月前に派遣から正社員になったばかりだって」

「毎日、一時過ぎまで働いてるけど残業手当もないらしいよ」

それでも笑顔を作って社員教育に携わる。その気力はどこから湧いて来るのだろう。

いけない。こんなことでは、いけない。

教えられたことは覚えなくてはいけない。

ミスは少なくしなくてはいけない。

先ほどのレクチャーのメモを見てみると、理解したつもりでも頭に入っていないのがよくわかる。まるで脳の表層を情報が上滑りしているようだ。

「黒崎さん、やっちゃったね」

隣に座った年配の男性がひそひそと話しかけてきた。

この人、名前は何と言ったっけ？

同じ日に契約した数人のうちの一人なのは覚えている。けれども名前は忘れてしまった。首に下げられたネームホルダーも裏返しになっていて確かめようもない。

「ここの伝票番号さ、ややこし過ぎるんだよ。これじゃ誰だって間違えるよね」

「ええ、そうですね……」

「もうちょっとシンプルなシステム構成にしなきゃだめだよ。効率が悪くなっちゃうと思わない？」

彼は自分より十五歳は年上だろうか。口元にくっきりと皺が刻まれ、左手の薬指には皮膚と一体化したような指輪がはまり込んでいる。

「ねえ、黒崎さん、君、なんだか疲れた顔してるよ。ここの照明、暗いせいかな？」

昨夜、寝たのは何時だったろうか。疲れた顔をしているのはわかっている。でもこういう人は、と柚子は思う。疲れていない相手に対してもきっと同じ労《ねぎら》いを言う。

だから黙って入力画面に向かい続けた。

この程度の仕事でミスをする自分ではなかったはずなのに、もっと複雑な処理もこなしていたはずなのに。意識の表面を硬い殻が覆っているようで知識が入ってこない。

話しかけられてもこれといった感情も返事も出て来ない。

むしろ、たゆたうような、あの夜の空気が心地よい。

さらり、さらり、と流れる水音。しっとりと頰に触れた夜の風。あの情景に戸惑いながら確かに自分はそれを懐かしいと、そして魅惑的だと感じたような気がする。

幽玄な風景に心とろけるような陶酔を覚えたはずなのに、なぜかここでは心が渇いたままなのだ。

服も選ばず、ろくに眠りもせず、ただ黙々と作業している自分はずいぶんとみすぼらしいのではないだろうか。それでも縋るように見つめて祈る者がいた。窓が異界に開いたことより、自分を崇める者がいたことが不思議に思えた。

そして、あの靄を纏った夜景を思い出す時、枯れた心にそこはかとない歓《よろこ》びと郷愁が湧き上がって来るのだった。


梅雨が近づいている。

日ごとに湿り気を増す空気が、窓を閉じていてもどろりと室内に滲《し》み込んで来る。

夕方に雨があがった。夜になり、外は少しばかり涼しくなったけれど、室内は蒸し暑い。たった一人しかいない部屋なのに自分の体温が煩わしいほどだ。

夜風を通せば寝苦しさも軽減するだろう。そう思って開いた窓の向こうに今夜もま

た、あの娘が立っていた。

「かみさん……」

月蝕の夜と同じ呼称がか細く耳に届く。薄靄に溶けて今にも消え入りそうな声量だった。

ふわり、とぬるい風が吹くと黒髪が流れて日焼けした顔に纏わりついた。

黒々とした闇の中、さわさわと水の音が聞こえる。これは小川の流れ？　それとも山中の細い渓流？　同じ夢を二度。ならばこれもひとつの現実なのだろうか。

「かみさん、おざってくれた」

微かな水音に頼りなく絡むような声がまた耳に届く。

今夜、月は赤銅色に陰ることもなく、桃の花びらに似た楕円形《だえんけい》のまま仄白く浮いている。

「こんばんは」

挨拶《あいさつ》を返しても娘は不思議そうに首を傾げるだけ。

「どうも」

最大限に無難な日本語を選んで言いなおすと、細刷毛《ほそはけ》で引いたような目にほんのりとした笑みが浮かんだ。

「どうも」娘もそう言い返す。「かみさん、こねだは、どうも」

「この間はどうも」と言っているのだろう。どこから来たのか。重たい訛《なまり》のある言葉。夜の窓辺、天空に浮く月に長い黒髪と和服。これではまるで一幅の幽霊画ではないかと思う。

なぜか恐ろしくはない。

着古した裾の下に日焼けした脚が覗いているせいか。

崇める目許に若やいだ張りが湛《たた》えられているためだろうか。

以前、杖をついて引きずっていた足はもう治ったのだろう。見下ろすと腫れていた踝は細く戻り、華奢な脛《すね》からなだらかな曲線を描いていた。

今宵《こよい》も娘は跪いて静かに合掌し、小振りな桃を窓枠に並べ置いた。

野に結実したらしい果物のざらりとした表面が、片方を月の白さに、もう片方を室内の常夜灯の黄色に晒していた。

前に供えられた果実はもうない。得体の知れないものを口にするのを躊躇《ためら》ううち、野の桃はぐずぐずと傷み、果皮に綿毛のような黴《かび》を纏い、甘い腐臭を発して実を崩してしまったのだ。

和毛《にこげ》に覆われた野桃を置く浅黒い手を見る。そして薄い紙束を目の前に置いた男性社員の白い手と細い指を思い出す。

「かみさん、丸薬《がにやぐ》、けでけれ。貼薬《はぐしり》、けでけれ」

唐突に娘が発した言葉の意味がわからなかった。

求められているのが「丸薬《がんやく》」と「貼り薬」らしいと知ったのは、同じ言葉が何度、繰り返された後だったろうか。

「痛みのおさまる……」

節くれた指で何かを足に貼る真似をし、さらに指で小さな形状を表し、口に放り込む仕草を見せられて初めて言葉の意味を悟ったのだった。

以前、与えた湿布とアスピリンが効いたのだろう。またあれらを欲しいと言って供物を窓辺に置くのだろう。

与えていいものなのかどうか迷う。湿布薬はもうない。アスピリンに関しては覚束《おぼつか》ない言葉のやり取りで容量、用法などを説明できるとは思えない。

「ない」

とっさに首を振って嘘をついた。

「なんとか、けでけれ」

薄茶色の瞳に真摯《しんし》な色を浮かべてせがむ。

「ない」

再びはねのける。

結婚した直後から偏頭痛に悩まされていた。検査をしても異状は見つからず市販の

頭痛薬を飲む機会が増えて行き、今もダイニングテーブルの上の籐籠《とうかご》の中にアスピリンを常備している。

「嫌だなあ。何か悪い病気を持ってるんじゃないよね？」

また夫だった人の言葉が耳に蘇る。

時折、何かの拍子に死んだ者の声と姿がまるで現実に取って代わるように浮かぶのだ。

「結婚してみたら実は病弱だったなんて、僕も両親もすごく困るんだけど」

丸顔に柔和な笑みを浮かべて言われるたびに眼窩《がんか》の辺りが一層重くなっていた。

そう言えば頭痛を訴えた時、あの人から「大丈夫？」と言われたことはあったのだろうか？

「かみさん、そごの丸薬、けでけれ」

その声で窓辺の現実に引き戻された。

娘の目はテーブルの上の籠の中に据えられている。

「ない」

もう一度、拒む。

あからさまな嘘だけれど問いつめられはしなかった。

娘は窓の外から物欲しげにそれを見つめ、諦《あきら》めたように視線をこちらに振り戻した。

「せば」聞き慣れない響き。接続詞らしいことがわかる。「壺《つぼ》、けでけれ」やはり聞き取れない。応じる言葉がわからず躊躇っていると、「壺」と、何度か繰り返された。

「かみさん、透ける壺、けでけれ」

足元の下草の上には藁編《わらあ》みの籠。跪いた娘はそこから巻いた布を取り出して窓の内側に差し出した。着物の合わせ目から薄い胸許が覗く。陽射しに炙《あぶ》られた肌の色。微かに隆起した乳が、黒々とした陰を着物の内側に宿していた。

節の目立つ指に持ったものは一反の布。

娘はそれを捧《ささ》げるように窓辺に置いた。

ざっくりとした藍色に擦り入れたような幾何学的な白い線紋様が織り込まれている。布目が粗く、あちこちに小さな白い糸の瘤《こぶ》がある。艶《つや》やかだけれど厚ぼったい。

「かみさん、これで、壺、けでけれ」

『壺』が何のことかわからずにいると、娘が浅黒い右手で筒を握りしめる仕草をした。そして赤い唇をぽっかりと上下に広げ、右手に握る何かを差し入れて、こくり、と飲み下すように喉を蠢かせた。

「かみさん、なんとか壺、けでけれ」

ああ、理解した。水の入るボトルを欲しがっているのだ。

彼女がどこから来たのかは知らない。ただ自分が住む世の者でないことはわかる。供えられた野桃は野趣に溢《あふ》れ、差し出された布は素朴で荒々しく、経糸《たていと》と緯糸《よこいと》がみっしりと組み合わさっている。これらにどれほどの価値があるのかはわからない。特に欲しいとも思わない。虫喰いの果実などは口にしないし、布をもらっても裁縫などしないから持て余すだけだ。

けれども、と、思う。ペットボトルくらいならやっていいのかも、と。

だって捨てるだけの空きボトルだもの。わざわざ貢ぎ物まで持って夜道を訪ねて来てくれたんだもの。

それにこんな私を崇めるようにしてくれるんだからお礼をしてもいいんじゃない？ テーブル脇のごみ箱に目を落とすとペットボトルが数本捨てられている。勤務先にはふたのできる飲み物しか持ち込めない。仕事に馴《な》れてデスクとノートパソコンが与えられれば専用のカップも持ち込めるけれど、それまで水筒やペットボトルでまかなわなければいけない。飲み残しがあれば家に持ち帰り、ごみ箱の中には常に空のボトルが放り込まれることになる。

ミネラルウォーターのボトルをひとつ取り出した。

貼られたラベルを引きはがし、窓越しに差し出すと細面に笑みが広がり、黒く焼けた頬が、つやり、つやり、と月光の中に輝いた。

透ける容器を押し頂いて娘が何度も頭を下げるたび、糸のような黒髪がひたひたと撫で肩に流れ落ちた。

何度も水をくぐったかのように古びた着物。紐《ひも》とも縄とも呼んでいいような細い帯。この女は異なる世から来た。そこには多分、アスピリンもなければペットボトルもない。

湿った夜風が強まり、窓辺のカーテンが巻き上げられた。びゅう、と一吹の風が過《よぎ》るとまた心の奥がじくじくと生傷が疼《うず》くように波立った。

ぶ厚い遮光のカーテンは白く細かい花模様。風に吹き上げられた布地に娘はいかつい手でおずおずと触れ、土のこびりついた指で刺繍《ししゅう》をなぞった。ぼそぼそと何やら言っているけれど意味はわからない。ただ小花模様に興味を示しているのがよくわかる。無骨なほど太い指は愛でるようにカーテンを撫で、薄い睫毛の中の瞳が喰い入るように白い花を眺めていた。

黒髪が月光を照り返して艶々と輝き、水音だけが風に揺らぐこともなく静謐《せいひつ》の中に響き続ける。

どれほどの時間、その様を眺め続けていたのだろう。

気がつくと娘は何度も頭を下げ、今夜も後ずさるように立ち去ろうとしていた。

自分が見ているると帰りにくいのか。そっと網戸を閉じると彼女は後ずさるのを止め、

こちらに背を向けてゆるゆると木立の隘路を歩き始めた。

細い背中を藁で束ねた黒髪が流れ打ち、歩くたびに黒藍色の着物の腰が、ゆらり、ゆらり、と左右に揺れる。以前とは異なる軽やかな足運びに「羚羊《かもしか》のような」というありふれた表現が浮かんだ。

夜道だから気をつけて欲しい。転ばないように、不審な男になど出会わないように。後ろ姿を見ながらそう思う。

花びらのような月がゆっくりと木立の中に傾いて行く。

傍らの置き時計を見ると夜中をとうに過ぎている。

明日も早く起きなければいけない。眠らなければ明日が辛い。

怪異に思いを馳《は》せるよりもまず睡眠をとらなければいけないのだ。

眠れるだろうか。

それとも今夜も輾転《てんてん》としながら差し込む朝陽を見るのだろうか。

異界との接触は一時の夢。自分が属するのは灰色のオフィスに通い、鄙《ひな》びた団地に戻って休む日々。

濃紺のカーテンを閉じる。この窓の向こうに今、どんな世界が広がっているのかは知らない。けれどもきっと朝になれば、そこには貧相な白樺とくすんだ外壁の団地街が見えるだけなのだろう。

今は眠らなければいけない。柚子は音を立てないようにそっとダイニングチェアから立ち上がり、そろり、そろり、と足音を殺してベッドに向かって行った。

使い込まれて光沢を帯びたちゃぶ台の上、ガラスコップの中の氷が、ころり、と揺れた。

紗《しゃ》にも似た青いフラットカーテンを抜けた西陽が室内を海底のように見せていた。

「ありがとうね。お陰でずいぶん気分が良くなったわ」

目の前に座る老婦人が白木の扇子でひらひらと生成のブラウスに包まれた胸許を煽ぐたび、優雅で古びた匂いが漂う。

「いえ、そんな、お茶までごちそうになってしまって……」

礼を言われて柚子は古めかしい座布団の上でかしこまった。

同じ団地の中なのにこの部屋には家具が揃っている。多分、この調度は多過ぎもせず、足りなくもない。自分の部屋には最小限の物しか置いていないからここがたっぷりとした家財に満ちているように見えるのだろう。

「お忙しかったんじゃないの？　お茶もっといかが？　良かったら足を崩してちょうだい」

微笑む目許が涼やかだから申し訳程度に笑顔を返す。

研修で仕事が早く終わり、食料品を買い込んで陽が落ちる前に戻って来た。総菜をつまんで早々に休もうか。それとも、窓辺に座って外の気配に耳をそばだててみようか。そんなことを思いながら家路を辿っていたら前を歩く痩せた女性が、ふらり、とよろけて道路に膝《ひざ》をついたのだ。朱《あか》い夕焼けの中、取り落とされたパラソルが白く際立ち、まるで羽を休める鷺《さぎ》のようだった。

大丈夫ですか？　と、跪いた女性に声をかけた。ちょっと暑さで目眩《めまい》がしただけ、と、青白い顔をした老婦人は答え、家まで送ります、と、反射的に言った。

それだけなのになぜこうなったのだろう。

玄関先で帰るつもりだった。勤務先で人の気配に疲労しているのに近所の家に上がり込むなど苦痛以外のなにものでもない。

「お礼にお茶を飲んで行ってちょうだい」と言われ、辞退の言葉を選びあぐねるうち「あなたが買ったものはうちの冷蔵庫に入れておくから大丈夫よ」とやんわりと畳み掛けられた。

上がり込みたくなかったのはこの年頃の女性が怖くてたまらないから。柚子を執拗《しつよう》に追いかけ、呪詛《じゅそ》し、罵倒《ばとう》し続ける義母が近い年代なのだ。

「疫病神」「殺人鬼」と怒鳴られた。「息子を返せ」と組みつかれて叫ばれた。「今度は親のいない男を狙って死なせるんでしょう?」と往来で詰《なじ》られたこともあれば隠れ住んだワンルームマンションのドアを打ちながら罵られたこともある。

「インスタントのお茶しか出せなくて、ごめんなさいね」

頰に少しだけ赤みを取り戻した老婦人がお茶を注ぎ足した。

ペットボトルのお茶をインスタントと呼ぶ習わしにまた少し戦慄《せんりつ》する。

義母も急須で淹《い》れたお茶以外は、ペットボトルもティーバッグも『インスタント』と一括《ひとくく》りにして見下していた。たったひとつ、舌が溶けそうになるほど甘いミルクティーだけは常に愛飲していたけれど。

「私の名前は千代《ちよ》。ここに住んでずいぶんになるけれど、あなたは最近、引っ越して来たのかしら?」

白いガーゼのハンカチで首筋を押さえながら老婦人が言った。

「引っ越して来てから一ヶ月にもならなくて……」

「まあ、住み始めたばかりなのね」

「はい」

「ご家族は?」

たったこれだけのやり取りで根掘り葉掘り聞かれているような気になるのは考え過

ぎだろうか。

「あの……一人で……」

「まあ、若い方が一人で住むのにはここって静か過ぎるんじゃないかしら?」

千代は切れ長の目をさらに細めてやんわりと微笑んだ。その造りが夜半に訪れる娘の筆で引いたような目許に似ている。

「今年はとても暑いのね。今でこんなだと八月にはどうなっちゃうんでしょう?」

当たり障りがない気候の話を持ち出してくれたのは沈黙を感じ取ってのことなのか。

「私は寒い地方の出身だから暑いのは苦手。今からこんなに蒸し蒸しするなんて、かんべんして欲しいわ」

「七月以降は冷夏になるそうです」

気力を振り絞るようにして気候の話題に応じる。

「だったら嬉《うれ》しいわ。暑いと外出が辛いだけじゃなくて、冷房代がかかるから」

ひらひらと白い扇子がひらめき、窓から吹き込む微風に透けるカーテンがゆらめいた。古びた茶簞笥《ちゃだんす》と茶櫃《ちゃびつ》。黒茶のちゃぶ台の上の布巾《ふきん》が白い。

あの娘が老いたら目の前の女性のような風情になるのだろうか。

からり、ころり、とガラスコップに当たる氷の音が夜半に窓の外に聞こえていた清流の響きに重なってくる。

義母と同じ年頃の現実の女。けれども笑顔も眼差しも、薄手のブラウスからのぞく細い首筋もむしろ窓辺の娘を思わせる。

ここは現世の隣人の家？　それとも夜半の窓に繋《つな》がる場？

焼けた藺草《いぐさ》の上に使い込まれた藍色の座布団。この肌触りは窓辺で渡された、あの布に良く似ているのではないかしら。

「そのお座布団、ちょっと変わっているでしょう？」

「え？」ぼんやりとした思考を遮られて戸惑う。「あ、お座布団、ですか？　ええ、そう、そうですね。すてきな……青い色ですね」

その様を見て千代がころころと若い娘のような笑い声をあげた。

「ごめんなさいね。いきなり話しかけて驚かせてしまったかしら」

口元を覆う手が白い。年齢なりにくすみやら皺やらはある。青い静脈もくっきりと浮き上がっている。それでも指のたおやかさと関節が柔らかくくねる様に見とれてしまう。

「すみません。私、黙り込んでしまって」

「暑い中を私の荷物も持ってくれたんですもの。疲れちゃって当たり前よ」

「いえ、私、普段からこんな感じで……」

夫を亡くした後、人が目の前で話していても、仕事を教わっていても、ふいに思い

がどこかに飛んでしまうのだ。

「ぺちゃくちゃ喋ってばっかりの人より良いんじゃないかしら」

心が和らいだ。目の前にいる人間が強引に会話を求めて来ない。ただそれだけで妙に安らぐのだ。

「柚子は気の利いたことを言わないね」

「もの静かだと思ってたけど実は会話能力がいまひとつだったんだ」

話題に事欠くようになって夫に言われていたことを思い出す。

窓辺の娘も多くの言葉を求めない。

間違えたことを言わないだろうか。相手の苛立《いらだ》ちを誘ったり、感情を逆撫でしたりしていないだろうか。そんな気遣いをすることなく人の前にいられるのはとても気楽なことなのだと、今さらながら気がついた。

沈黙を味わうようにして膝の下にある座布団の紺色の生地を指でなぞると、経糸と緯糸の綾なしが、さらり、と荒れた指先を慰撫《いぶ》した。

「ねえ、そのお座布団、好きかしら？」

「え？　ええ。はい、いいな、と思って……」

「まあ、嬉しいわ」千代はまるで少女のように両手を胸許に組んだ。「それはね、私の田舎で作ったものなのよ」

「田舎のもの、ですか？」

「そう、手織りなの」

「手織り、ですか？」

鸚鵡《おうむ》のように言葉を繰り返す。相手はそれを咎《とが》めも揶揄《やゆ》もしない。

「ええ、ええ。私の田舎ではね、今も布を手織りする人達がいるの」

手織り、の一言がふと心に引っかかった。

窓の外から捧げられた、あの反物も手織りではないだろうか。

「もちろん有名じゃないし商売にもなりゃしないわ。名の知れた産地だとお値段がつくんだけどね」

「値段がつく、のですか？」

「そうなの。有名な産地だと手織りは高くなるわ。でもね、これは本当に地元の人が細々と織っているだけ。ずうっと昔から伝えられて来た方法で、古い織り機を使って、かたん、ことん、と作っているのよ」

少し長い喋りになると微かな訛が混じる。口内に音がこもり、ゆるく語尾を引くような独特の響き。それはこの女性が育った布を織る北の地の残滓《ざんし》なのだろう。

「昔はどこの家でもお蚕を飼っていたの。生糸を取るためにね。でも売り物にならない屑繭《くずまゆ》がどうしてもできてしまうから、それを使って仕事着を織っていたのよ」

「ああ、仕事着ですか」

「仕事着だけどシルクよ。ほら、細かい白い模様があるでしょう？　それが私の田舎の独自の模様なの」

「白？　ああ、はい、ありますね……」

ところどころに織り込まれた花のような、ぼんやりとした柄。

どこかでそれを見たような、微かな既視感が湧き上がった。

「いろんな柄があったのよ」秘め事を語るような口調が静かに続く。「ずうっと昔にね、村に天女様が降りて来て模様織りを教えてくれたって伝えられているの」

「天女様、ですか？」

「織り物の女神様だったの」

砂壁の鳩時計が密《ひそ》やかに秒を刻み、溶けて行く氷がガラスコップの中を揺れる。

「織り物の女神様？」

「それはそれは美しい天女様が森の祠《ほこら》に降りて来たの。そしてね、それまで模様のない野良着を着ていた村の娘に模様の入れ方や綺麗《きれい》な柄の作り方を教えたのよ」

「すてきなお話、ですね」

反復ではない言葉が自然に口から出たことに一瞬戸惑った。

職場のように教えられた内容を記憶しなければいけないという決まり事もない。夫

といた時のように気の利いた受け答えやかわいらしい返事を期待されることもない。実家の両親のように嘆き始める危惧《きぐ》もなければ、ましてや義母のような罵倒に繋がる恐怖もない。

真実とも作り事とも知れない昔話でも、ただ黙って聞くのはこんなにも楽なことだったのだろうか。

「洒落《しゃれ》た柄の入った仕事着はとても喜ばれたの。大きなお屋敷のお仕着せに、たくさん注文があって、村にはお金が入ってきてね、女の人達は畑仕事を減らして布を織るようになったそうよ。子供を見ながら家で過ごせるようになったの」

この話は目の前の老女が幼い頃、祖母か曾祖母《そうそぼ》か、あるいは母親か近隣の人々に語り聞かされた物語なのだろう。

「このお座布団も、天女様に教えられた織りのひとつ、なのですね？」

「元はそうらしいんだけどねえ」と千代はひっそりと微笑んで薄い唇をガラスコップに触れさせた。「天女様の織り方は廃れてしまったの。資料館には残っているみたいだけど、今は布を工場で作るでしょう？　わざわざ手織りをする人は少なくなるばっかりで」

「それは残念ですね」

地方に伝わる手技が淘汰《とうた》される。それはごくありふれた話だ。

「もしお好きだったら同じような柄の布があるから作って差し上げましょうか？　使ってもらえたら嬉しいわ」

「いえ、そんな、いきなり」

正直、もらっても困る。インテリアへのこだわりなどなくしたと言っても古めかしい座布団カバーなどよこされても使いはしない。

窓辺を訪れた娘に供えられた反物すら扱いに困って放置したままなのだ。

「いただくわけには……そんな……」

「あらそう？　そうね、こんなお婆さんっぽいものをもらっても使わないわよね。ごめんなさい」

「いえ、決してそういう意味では」

「送っていただいたお礼がしたいわ。今度、もうちょっと華やかな模様のを探してみましょうね」

「どうかお気になさらないでください」

コップの中の氷が溶け、ぬるめいたお茶がゆらゆらとコップの中で揺れている。

長い年月、磨かれ続けたらしい鳩時計が、ぽぅ、ぽぅ、と数回鳴いて夕刻を告げた。

「すみません。すっかり長居をしてしまったようで」

そろそろ潮時かも知れない。気の良い老婦人に使えないプレゼントをされても持て

余すだけだ。

「あら、そうね。また遊びに来てね」

「ありがとうございます」

「よかったら千代っていう名前で呼んでちょうだい」

「わかりました千代さん」

「あなたお名前は？　できれば名字より名前で呼んでいいかしら？」

「はい。柚子と言います。黒崎柚子」

「柚子さんね。嬉しいわ。若いお友達ができるってうきうきしちゃう」

青いカーテンの向こうに薄暮が透けて見える。

いつの間にか夕陽は地の底に沈み入ろうとしているようだ。

「お茶、ごちそうさまでした」

「うちはたまに田舎の親戚《しんせき》が来るけどたいていは独りなの。ご飯も食べて行ってくれれば嬉しいけれど」

人と話すのが苦痛だった。身の上のことを聞かれたくないと思っていた。年配の女性も苦手だった。けれども彼女とならばお茶を飲むのも悪くない。静かに昔話を聞かされるだけなら疲れることもなさそうだ。

名残惜しまれながら外に歩き出すとすでに夕暮れがたれ込めている。灰色の箱のよ

うな団地が立ち並び、白樺と街路灯が黒々とした影を細く落としていた。

今夜は早い夕食にしよう。ゆっくりお風呂《ふろ》に入ろう。そして窓を開いて夜風にあたりながら冷たいお茶を飲もう。

ふと思う。あの娘はまた窓辺に来るのだろうか、と。

自分は待ちわびているのかも知れない。数週間通った職場には馴染《なじ》めないというのに、たった二回接した、あの窓の外の情景には郷愁を覚え始めているのだ。

いけない。こんなことではますます現実から心が離れてしまう。一生懸命、働かなくてはいけないの。しっかりと自立しなくては、この先、生きていけないの。今日だって近所の人と問題なくお茶を飲みながらお喋りができたんだから……

鼓舞しようとしても心に浮かぶのは窓の外の月と雑木林。

またあの風景を見られる？

あの娘と言葉を交わすことができる？

目を上げると自分の住む部屋の窓が見える。何の変哲もないサッシ窓も見える。街灯の点《つ》き始めた道を歩く。心の中で明日に備えて今夜は早く寝よう、夢のような事象を待つのはやめよう、と思いながら。

ガラス壁の向こうで暑過ぎる初夏の陽射しがアスファルトを焼いていた。

エアコンに冷やされた空気の中、ぼんやりと外を眺め、その眩《まぶ》しさに目を細めた。

派遣社員の研修でショールームの見学に連れて来られた。午過《ひるす》ぎからシステムキッチンやらユニットバスやらのレクチャーが延々と続いている。渡されたパンフレットの余白に立ったまま細かい文字で書き込みを入れてみるけれど、講師の言葉は書き写す端からさらさらと細かい砂のように記憶の網目からこぼれ落ちて行く。

「お化粧室はどこかしら」

「奥の突き当たりを右ですって。和服だとお手洗いが面倒よねえ」

背後から聞こえる一般客の声が、ビジネス服の一団を圧するように響いた。

ぱたぱたと通り過ぎる草履の音。香水や整髪料に混じる微かな糸の匂い。

側を通り過ぎる女性達のうち二人が地味な色目の和服を纏っていた。その風合いとわずかに白糸を織り込んだ模様が、あの娘にもらった反物と似ているように思えた。

いや、似てはいない。色も違う。あの布ほどに厚ぼったくはない。

この気持ちは何なのだろう。先日、老婦人の部屋を訪れた時もそうだ。今もそうだ。自分が棲《す》む世界はここなのに、なぜかしょっちゅう、あの窓の外の景物が重なり込む。まるで一時の魔に現実がじわじわと冒されているようではないか。

「ねえ、黒崎さん」

隣でレクチャーを受ける女性が小声で話しかけた。

年代は同じぐらいだろうか。彼女は初日、しっかりと化粧していたけれど日を経るごとにファンデーションがおざなりになり、いつしか口紅が無色のリップクリームに変わってしまった。

「今の人達が着てたの、良い着物よね」

「え？　良い着物？」

和服に詳しくはない。浴衣《ゆかた》くらいは持っている。結婚式に打掛けは着たけれどそれはレンタルだ。

「黒崎さんがじっと見てたから詳しいのかと思ったけど？」

「いいえ、そういうわけでは……」

「和装が好きだからじゃなくて？」

「その、ちょっと見ただけで……」

目だけ研修担当者に向けて二人はひそひそと話を続けた。

「あれって、高いよ、多分」

「多分？　高い……？」

「紬《つむぎ》でしょ。普段着なのに、ものすごくお値段が張るの」

「普段着？　お値段が、張る？」

今日も鸚鵡のように返す言葉。自分の声がくぐもっているのがよくわかる。

「どこぞの奥様方なんでしょうね。平日の昼間っから高価な普段着でショールームって……いるんだよね、ああいう人達」

ほんの数ヶ月前まで平日の昼間にショールームを覗く身分だったとは言えなかった。高価な和服を普段着にするほど裕福ではなかったけれど。

「このへん、地価が高いから。あれもきっと本物ね」

「本物、ですか?」

「手織りじゃない?」

手織り、という言葉に、起伏を失っていた心のどこかが、ひくり、と蠢いた。

「手織り……」

乾いた呟きが自分の唇から漏れる。

「そうそう手織り」傍らの同僚が毛先をいじりながら繰り返す。「ものによってはかなりの金額になるんだって」

棚の上に放置され、うっすらと埃《ほこり》を纏いかけた反物を柚子は思い出す。

夢とも現《うつつ》ともつかない静謐な窓辺。訪れた娘が残した素朴な布。夢の残り香と呼ぶには存在感があり、かといって実用するには荷が重過ぎた。

あの後も、またあの娘が来た。いや、娘と呼んで良いのだろうか?

ほんの短い間、たった数回の訪問なのに窓を訪れる女はあきらかに年齢を増してい

る。

卵型の顔は少し面長になり、その中にひらめく上唇がぽってりと丸く艶《なま》めいて来た。胴の細さはそのままに、胸も腰もずっしりとした重みを湛え始めている。

「かみさん、織った。見て、もらってけれ」

そう言って渡されたふたつ目の反物。そこには前に彼女がしげしげと眺めていた部屋のカーテンに、とても良く似た模様が織り入れられていた。

「かみさんの柄、真似して褒められた」

粗い織りではあるけれどくっきりと見て取れる白い六弁花。それは窓に掛けられた遮光カーテンの小花を粗く写し取ったものだった。

最初の反物だけでは感じなかった。けれどもふたつ目の反物と先ほどの女性達が着ていた和服の風合いが似通っていると思う。

「手織り……」

独り言のような呟きが漏れる。

「風情があるよね」隣の女性の生気のない声。「これからあたし達があくせく売るのは大量生産の廉価版のシステムキッチン。比べると寂しいかも」

「はーい、後ろの人達、ちゃんと聞いていますかぁ？」

突然の講師の声と周囲の視線に制されて二人は口を噤《つぐ》んだ。

「研修終了後の試験に出ますからねえ。ご飯の後で眠いのはわかりますけど、サボっていると後で痛い目にあいますよぉ」

受講者の間から笑いが上がる。隣にいた彼女も、自分が喋ってなどいなかったかのように笑い、柚子も口元を持ち上げて笑い顔をこしらえる。

まだ働きになど出たくはなかった。夫の親族から振り込まれた手切れ金のような金額が尽きるまで隠棲《いんせい》していたかった。

実家の両親や兄夫婦に尻を叩《たた》かれるようにして四十九日が過ぎるか過ぎないかのうちに派遣会社に登録し、ほどなく紹介された勤務先に通い始めた。

「働き出せば気も紛れるから」

「もう一度、仕事でがんばってみればいい」

家族からそう言われたけれど、朝、起きて職場に通うのが辛い。勤務先で挨拶を交わすのすらおっくうだ。やっていけるのかがわからない。それでも辞めたいと言い出す気力すら湧き上がらない。

むしろあの窓の外の世界に心が吸い寄せられる。眠りにくい夜は窓に向かい、また静謐な風景に出会えないものだろうかと待ちわびる。

このままではますます現実から乖離《かいり》してしまう。食べて住むのに困らないのなら実社会との接点など最小限でもいいのではないかと思うけれど。

長々とした見学研修はそれでも四時過ぎに終わり、そのまま直帰が許可された。

「こう毎日、早あがりだと収入が減るんだけど」

「六時まで働くって内容で契約したのにね」

ショールームを出るなり数人が不満をこぼし始めた。早く帰れるならば嬉しい。けれどもそうは思わないメンバーもいるらしい。

「派遣先都合で連日、早く帰されてるんだよね？」

「じゃ定時までの時給が出るように交渉してもいいんじゃない？」

同意を求められて「そうね」と曖昧《あいまい》に頷いた。

収入が増えるのならありがたい。誰かが言い出すのなら尻馬に乗ろう。ただ自分で掛け合う必要があるのなら金額を減らされたままでかまわない。

交渉事は面倒だ。いや、面倒というよりはむしろ恐ろしい。

夫の死亡後、受取人になっていた保険金などいらないと言ったけれど、柚子の実家が今後の生活費くらいはもらうべきだと乗り出して来た。

一人息子の死で泣きくれていた義母の心はその交渉の過程で壊されたらしい。

らしい、というのはあくまでも実家の親からまた聞きした内容でしかなかったから。事の詳細は知らされていない。もし聞かされたにしても認識できたかどうか怪しいところだ。

気がついたら義母は柚子を恨み、憎み、どこに住んでも追いかけて来て罵るようになっていた。

疫病神、強欲、殺人鬼……これらの罵言はありきたりなのか。それとも憎悪の限りを込めた語彙《ごい》なのか。ふくよかだった義母の頬が細くそげ落ち、急速に年老いて行く姿に戦《おのの》いていた。染められなくなった髪の根元が白く伸びて行く様が恐ろしかった。

電話番号を変えた。住む場所も何度か変えた。知人から身を隠し、誰とも連絡を取らなくなった今の自分は、世の中から消えてしまった者に近いのではないかとも考える。

だから交渉は好まない。早く帰らせてもらえればそれだけでありがたい。

熟れ切ったような西陽がショールームの外壁に照り返し、灰色のアスファルトを照り染める。

早く戻りたい。あのうらぶれた住処《すみか》に潜むようにして過ごしたい。

「派遣会社に連絡しましょう」

「現状を報告しておいた方がいいですよ」

そう言い募る数人から柚子は少し距離を取って歩いた。駅までの道のりの間、さりげなく離れてしまえば無難なのではないかと考えたから。

同じような思惑を持つ同士が自然と一塊になって横道に逸《そ》れようとしている。

「ちょっと引くよね、ああいう折衝が好きなタイプ」

そう話しかけられた。

「ええ、そうかもね」

「やることもないのに残されたくないって」

「うん……」

このまま駅まで歩き、路線ごとに分かれて帰路につけばいい。

ビル街に温度の下がりかけた空気が吹き抜けた。もう明かりを点《とも》し始めたビルもある。駅までの道のりを共にした同僚達に通り一遍の別れを告げ、柚子は改札に向かって歩いて行った。


ネットオークションのページを見て息を呑《の》んだ。

窓の向こうを訪れた娘から供えられ、持て余していた織り物を出品してみたら価格が予想外に跳ね上がっていたのだ。

この金額は何日働いた分に相当するのだろうか。

「手織りのようです。素人のため詳しいことはわかりません。画像でご判断ください」

全体と生地のアップの画像に添えた文面はそれだけだった。

期待はしていなかったから開始価格は低かった。けれども反物に惹《ひ》かれたらしい者達が価格を吊り上げていったのが見て取れる。

素人目には素朴さだけが目につく田舎臭い布。

どこにそれほどの価値があるというのか。
一、十、百、千……落札価格の桁を数えると笑みが浮かぶ。こんな自分でも振り込まれる金額を見て笑うことに驚いた。いや、こんな境遇だからこそ通帳に記される額に心が大きく左右されるのか。
荷造りの前に反物を軽くはらうとうっすらと付着した埃がふわふわと散る。ほんの数日、置いただけなのに生活の排泄物《はいせつぶつ》のような埃が積もろうとしているのだ。

触れると織りなす糸が艶々としてはいるのが良くわかる。けれどもあちこちに小さな瘤のような凹凸があって興を削《そ》ぐ。白い線模様は不規則で、着るには少し固く、そして重いのではないのかと思う。

梱包《こんぽう》のために買い求めた安価な畳紙《たとうがみ》が、かさり、かさり、と乾いた音をたてる。その静けさの中、濃紺のカーテンの向こうからあるかなしかの音が伝わって来た。

ぽすぽす……

ぽすぽす……

腰高窓の網戸を打つくぐもった響き。

今夜も訪れた。自分を拝み、価値のある布を供え、対価に捨てるだけのボトルを求める娘。夢でもいい。夜の夢も同じものが重なれば、やるせない現実より確かなものになる。

期待に似た気持ちを持つのは織り物に値打ちがあると知ったせいだろうか。

それとも崇められるのが心地よいからなのだろうか。

天井の照明を消してテーブルランプを点ける。そろりとカーテンを開け、窓を少し引き開けると土の馨《かお》る夜風がとろとろと室内に流れ込んだ。

暗闇の中に浮かび上がる人影はほっそりとした女の影とは少し異なるような。

窓越しに聞こえるのは団地街には流れるはずもない水の音だ。

「かみさん……かみさん……」

不意に外から男の声が聞こえ、驚愕《きょうがく》してその場に立ちすくんだ。

「かみさん、開けてけれや……」

「誰……?」

そう訊いたけれど、窓向こうの男には意味が通じない様子だった。

「かみさん、開けてけれや。儂《わし》にもお供えさせで、拝ませでけれや」

同じ文言が呪文のように繰り返される。

「どこの者?」

思いつく限り簡素な、別の言葉で問いかけてみる。

「儂は六ッ《む》小屋《ごや》の者。桑《くわ》の郷《ごう》の女達から聞いで」嗄《か》れた声がひそひそと闇に響く。

「小堂や祠に灯《あか》りがついていれば、かみさんが降りてるんだど。かみさん、儂にも拝ませでけれや」

男の影が這《は》いつくばるように跪いてにじり寄り、窓辺に丸いものをみっつ、よっつと並べ始めた。

それは反物を持って来る女が野桃を供える仕草と同じ。

自分を崇めるための儀式めいた所作。

窓をさらに引き開けた。きしきしと軽い抵抗を指に伝えて開くサッシ窓の向こうに痩せた男の姿が見えた。擦り切れた着物を着ている。ぼさぼさと束ねられた頭髪が長い。日焼けが重ねられた皮膚は夜目にも黒々としている。

男は筋張った両手で合掌し、聞き取れない声を籠らせてぶつぶつと拝み始めていた。

窓枠の上には六つの果実。それは小振りな林檎《りんご》のように見えた。黒い斑紋《はんもん》があちこちに散り、橙《だいだい》とも黄ともつかない色を帯びている。

「穀物、もっと採れるえに……雪、降らねえに……」

願われても叶えられない。今夜もそれを伝える言葉を見つけ出せなかった。

自分の取るべき所作がわからない。けれども崇められる心地よさが、じわり、と身

内から湧き上がる。

背後の闇に目を凝らすと針葉樹の森に降る月光の中、一定の間隔で並ぶ祠がやわやわと浮かび上がった。あるものは黒く古びて、あるものは板目が見て取れるほど新しい。

違う。この風景はあの娘が訪れた時の場所とは異なっている。

「かみさん、供え物、上げさせでけれや。儂の家では、こんけしか出せねぇが……」

男は傍らに置いた編み目の粗い笊《ざる》を取り出して頭上に掲げた。

中にはこんもりと黒い穀物が盛られている。

形だけなら米のように見える。見慣れた白米よりもはるかに粒が小さい。表面がつややかで月明かりにてらてらと細石《さざれいし》のように照り輝いていた。

「かみさん、壺、けでけれや」

笊を窓の内側に捧げ置いて、男は合掌しながらそうせがんだ。

ああ、わかった。この者は拝むためだけに来たのではない。むしろ物々交換を求めて訪れたのだ。

祈りはほんの導入のような、挨拶のようなもの。多分、叶えられることなどほとんど期待されてはいない。

供えられた穀物を手で掬《すく》ってみる。ざらざらと指の隙間から溢れる粒は照り輝くほ

どに黒く、細かく、表面にわずかに縦筋が走っていた。

これもまた価値のあるものだろうか、と考える。

テーブルの脇の棚にはいつ来るとも知れない女のため、空のボトルがいくつも用意されている。そのうち一本を持ち上げて男に差し出した。

「かみさん、どうも、どうも」

男は押し頂き、卑屈なほど何度も何度も頭を下げた。愚かしいほど朴訥な風情。腰をかがめるのが染み付いたかのような猫背。まだ若いはずなのに、背も腰も軽く歪《わい》曲《きょく》した様はまるで老爺《ろうや》のようだ。

脂じみた髪が降り注ぐ月光にぬめぬめと輝き、赤黒く日焼けした首筋から薄く剝《む》けた皮膚がぽろぽろと襟口にこぼれ落ちた。

濃い眉に二重まぶた、くっきりと細い鼻筋。顔立ちが整っているのにもったいないと思う。髪を切り揃えて顔を洗い、もう少し背を伸ばしたらいいのに。上目遣いにおどおどと見るのではなく、軽く微笑むようにしたら現世ではもてるだろうに。

とっぷりとした夜気をかき分け、小さな祠の並び立つ樹林の中から訪れた男。

この先も二度、三度と訪れるのだろうか。現世にこの黒米を欲しがる者がいるのだろうか。

そして、ここに来る者達は、他の者にも自分の存在を伝えるのだろうか。

乾いた草が、さわり、さわり、と風に揺れた。どこからともなく微かに水の流れる音が聞こえる。この水も、あの娘の背後に響いていた流れとは違う。世の中には水の匂いというものもある。ほんの数回、窓外の風景に接するうちそれを感じ分けられるようになった。

流れる水、水草を含む水、魚類の息づく水、それぞれに微妙に音も気配も違う。窓の外に広がる野山は押し寄せるような静謐と植物の気配に満たされているから、あるかなしかの水の匂いが際立つのだ。

いつしか男は祈りを終え、地に這うように頭を下げながら両側に木の祠が連《つら》なる小径を歩き去ろうとしていた。丸い背中には樹々に遮られて斑になった月光が揺れ、素足の下で乾いた土がけぶるように巻き上がる。

植物の息吹が夜風に溶け込み、土の匂いに混じってなまめいている。叢雲《むらくも》ににじむ下弦の月が樹々や祠の輪郭を仄かにけぶらせる。

きぃ、とかん高い鳥の声が響き、柚子はそっと網戸だけを閉じた。

明日も自分は窓の外に耳をそばだてるのだろう。悪くはない。彼等に接するのが苦痛でないのなら、それを待ちわびて暮らすのも良いのではないかしら。

冷めたお茶を飲みながら考える。

今、窓を開いたら、何が見えるのだろうか。枯れかけた白樺と古い外壁？　奥行き

の浅い雑木林？　それとも小さな祠がいくつも建てられた針葉樹林？　どれでもいい。それらは全て自分にとっての現実なのだから。

もう一口、さらに冷めたお茶を飲んで微笑む。

怪しいけれど、不確かだけれど、それはそれでかまわない。団地と職場を行き来する現実だっていつ崩れ去るかわからない。ならば夜の世界に接し続けてみるのも悪くはないはずだ。

夜が更けて行く。窓の外に耳に届く音はない。柚子は微笑みながら畳紙に触れ、素朴な反物を包み始めていった。

「かみさん、祭りは？」

窓辺に凭《もた》れた女が訊いた。

背後に風が、びゅう、と鳴る。

強い風音を聞くと記憶のどこかが痛むように疼く。夫が亡くなった時を思い出すから。それ以外に何かを忘れているような。決して思い出したくないような。そんな気持ちが心の奥底に泡立つのだ。

「かみさん、祭りをしたら、喜ぶか？」

膨らんだ腹をさすりながら、短い言葉で通い馴れた女が再び訊いた。

初めの頃は少女のようにしか見えなかった。ほんの数回の訪れのうち急速に年齢を増し、今夜は産み月に近い腹を重たげに抱えながらこの窓辺を訪れた。

供えられたのはより一層、精緻《せいち》になった反物。窓に下げたカーテンの模様を移し取り、可憐《かれん》さを増した六弁花が鏤《ちりば》められている。

先染めでこの柄を織り入れるにはどれほどの時間と技量を要するのだろう。

「織り、達者にしてけれ」

唱えられた願いは確かに叶っている。自分は何も手を下さなかったけれど祈りが形になったのだ。

「なあ、かみさん、祭りは？」

急《せ》くように女が再三、尋ねた。その手には椅子に置いていたクッションカバー。薄い緑色のダマスク模様を物めずらしげに眺め、記憶に刻み込むようにしてなぞっている。

「まつり？」

柚子はそう尋ね返す。

「刈り入れの後、祭り」女が続けた。「村の者でかみさんを祭る」

『かみさん』が『女将さん』ではなく『神さん』だと悟ったのはいつの頃だろう。神様などというおごそかなものではない。人前に姿を現す、より生き物に近い、それで

いて何やら不思議な力を持つ存在。そんなものに自分は祀《まつ》り上げられてしまっているようだ。

「まつり？」

再び問い返す。

「秋の祭り。かみさん、ここも祭りがあれば良くねぇ？」

この窓の外で祭りをするというのか。それはそれで楽しげだ。異界の祭りでこの窓が祀られるのは何かしら心が躍る。

子供の頃に心を弾ませた秋祭りを思い出す。神社の境内が煌々《こうこう》と照らされ、夜店がどこまでも長く連なっていた。

あの賑わいの先に自分の窓があるというのは何と奇妙なことだろう。

「んだがら、かみさん」女が媚《こ》びるように今夜もせがむ。「丸薬を」

「ない」

いつものように柚子も拒む。

「せば」決まりきった儀式のような会話が続く。「壺」

いつもと同じやり取り。判で押したような交渉。柚子は一本のボトルを取り出し、窓枠の外にそれを差し出した。

「かみさん、なんとかふたつ」

対価を受け取り、丸い腹をさすりながら女が言った。

薄物のような暈《かさ》をまとった月の下で樹々が揺らぎ、数枚の病葉《わくらば》がひらひらと舞い散った。

窓枠には今夜も六個の果実。以前に一口、勇気を出して齧《かじ》ってみた。甘味のない、固い果肉だった。皮は硬く、厚く、うぶ毛が口内に刺さって噛めもしなかった。

「お供えの織り、上手《うま》くなった。祭りもする」今夜の女はいつになく口数が多い。

「だから、丸薬。でねば、壺ふたつ」

拝みながら頭を垂れるとゆるい襟合わせから重たげな果実のような乳房がのぞき、丸く突き出た腹のあたりには淡い光輝が宿るようにすら感じられる。

その豊穣《ほうじょう》さに圧《お》されるようにして柚子はもうひとつ透明なボトルを取り出し、窓越しに女に差し出した。

「かみさん、どうも、どうも」

押し頂いた女が畏《かしこ》まると、襟の中に日焼けした胸乳が、たわり、たわり、と揺れた。

「祭りの夜は、おざってけれ」

そう乞《こ》われて黙って首を振る。

祭りに居合わせてみたい、と願わないでもない。けれどもこの窓がいつどこに開くのかはわからない。それに人が集まる祭りの場になど居合わせたら一体どれほどの願

いを聞かされるのかと怖《お》じ気づく。

　この女や黒米を持って来る男とだけ細く繋がり、ささやかな物々交換ができればそれで良い。

　梢の上に月が浮き、薄雲の中に光が翳《かげ》りを揺らめかせる。

　この夜の景色だけ眺められれば十分だ。薄暗い勤め先より、一人歩く団地の寒々しい風景より、今、眼前に広がる夜景が自分の身に近いのだ。

　びゅう、と一陣の風が吹き抜けて、また心の奥が、ぞわり、と波立った。

「もう、戻れ」

　風が寒い。身重の身体に夜更かしは厳しいことだろう。

　自分には明日も現世での仕事が待ち受けている。

「かみさん、どうも、どうも」

　女は礼を繰り返し、今夜も樹間の隘路に歩み去って行った。

　後ろ姿にもぽってりとした腹部の膨らみが際立っている。重たげな足取りが地面を擦《こす》り、湿った土に筋のような足跡が細く刻まれていた。

　梢がまた、ぞわり、と鳴る。今夜は風が強い。草木を打ち騒がせる風音に不吉なほどに心が揺さぶられてしまう。

　女が樹間に消えるのを見届ける前に窓を閉じた。

早く寝床に入ろう。明日のために少し睡眠をとらなければいけない。

供えられた反物はダイニングテーブルの上。これを検《あらた》めるのは明日以降。

女が窓辺に戻したクッションは椅子の上に戻す。

夜ももう遅い。今夜も足音をひそめ、そろりそろりと寝室へと引き上げて行くのだった。


団地の中に小さな公園がある。

その昔、小さな子供で賑わっただろう場所だ。けれども今は休日の昼でも人の気配がなく、遊具は錆《さび》を吹き、塗料の剝《は》げ目からは黒々とした下地が覗く。

濃い橙色の夕陽が斜めから団地街を炙り、昼に降った雨の名残がもやもやと空気を蒸し上げている。

「柚子さん、こんにちは」

照りつける夕映えの中を歩く黒い影が声をかけてきた。

「千代さん……」

意外な人との出会いに柚子は帰宅途中の足を止めた。

今日は休日だ。だから明るいうちに数日分の食料品を買い込みに行った。

「ここであえて嬉しいわ」金朱に染め上げられたパラソルの中から、綿のワンピース

を着た老婦人がふわりと笑いかけた。「今日は日曜日だから柚子さんもおうちにいるかと思って。この間のお礼を渡したくてお部屋に行こうとしていたのよ」

「そんな、お礼なんて」

「何度か訪ねたんだけど、お仕事なのかお留守の時にばかり当たっちゃうの。あ、もちろん玄関先で失礼するつもりだったわよ」

ここを訪ねる人などいないと思っていた。知人には住所を教えていないからチャイムを鳴らすのは勧誘ばかり。玄関からの電子音が鳴り響けばドアの前に立ちはだかる義母の歪んだ顔が浮かんで戦慄する。

「今日はあえて良かったわ」

彼女に微笑まれると少しだけほっとする。

自分を面罵し続けたのは義母だけのはず。なのにこの年代の女性に睨《にら》まれず、嫌われないのがとても希有《けう》に思えてしまうのだ。

「これ、この間のお礼」

手渡されたのは小さな藍色の布袋だった。中に橙色の枇杷《びわ》のパックが見えている。

「そんなお気遣いをしていただかなくても。困ったときはお互い様ですから」

「ううん、いいの。中の果物はお裾分け。手提げ袋は前に言っていた織り物よ。柚子さんはお座布団、気に入ってくれたでしょ？　だからもらって欲しいの」

暗色の手提げ袋の手触りが汗ばんだ手にさらりと馴染む。似ている。あの女が窓辺に供えて行った布と感触がとても似通っている。

「これね、もともとは和服だったんだけど、全然着てないからほどいて作ったの」

深い色味の布には白糸で織りこめられた素朴な六弁花。つかみ所のない既視感が湧き上がる。自分は一体、この柄をどこで見たのだろうか。

六枚の楕円形の花びら。中心から細く伸びる花脈。ありふれた図柄かも知れない。けれども花々が弦のように連なる配置に見覚えがあった。

それは自分の部屋に下がるカーテンの模様に酷似していないだろうか。

「あの、この模様は……？」

「あら、やっぱり柚子さんのお好みだったのね」

濃朱の夕陽の中、千代が微笑む。小柄な彼女の額は柚子の目の高さのあたりだろうか。生え際で汗ばんだ後れ毛が夕風に揺れた。

「この柄はね、前にも話したでしょう？　私の田舎の伝統的な柄」

「もしかして天女様に教えられたという？」

「そうなのよ。湧き水の側の小さなお社に天女様が降りて来て村の女性達に教えてくれた模様」

ふわり、と意識が暗い窓辺に飛ぶような感覚を覚えた。

「かみさん、織り、達者にしてけれ」

　窓辺で祈った女の、水音に絡むような細い声が聞こえた気がした。

「天女様が脱いで社に掛けた衣の模様をね、そのまま真似したのがこの柄」

　合掌して祈りを捧げる女の浅黒い顔が浮かぶ。カーテンの模様をさすりながらただ黙って眺め入っていた薄茶色の瞳も蘇る。

「その天女様は……」自分の声が少し上ずっていた。「この花模様と同じ柄の布を、掛けていたのですか？」

「ええ、お社の扉の中に掛けていて、それを見た村の女の人が真似をして織ったという昔話」

　枇杷の実の入った手提げ袋は藍色に白の六弁花。輪郭は粗く、カーテンの小花に比べてひとつひとつが大きい。先染めの織り柄か刺繡かの違いはある。つるつるとした化学繊維か滑らかな絹かの異なりもある。ただ、その連なる花模様だけが写し取ったかのように類似していたのだ。

「その天女様は」柚子は尋ねる。「その後ずっと村の人と仲良くして、そこにいたのでしょうか？」

「いいえ、そうはならなかったの」

　たちのぼる湿気が、もわり、と陽炎《かげろう》のように地と空気の境目を揺らし、白樺の根元

に咲く点描のような花を霞《かす》ませた。

「そうはならなかった、のですか？」

「村の人達が欲を出して騙《だま》したから、優しい天女様は怒ってしまったそうよ」

「天女様が怒った……」

「天女様は口が耳まで裂けた山姥《やまんば》になって村を祟《たた》ったんですって。それ以来、織り物を上手にできる人が少なくなって、どんどん廃れてしまったと伝えられているわ」

熟れ崩れたような夕陽が傾いて陰の濃さが増して行く。暗がりが強まるにつれて白い陰になっていたパラソルの中が仄かに明るく変じる。

「天女様が山姥になって、祟り、ですか？」

「昔話ってすごいわよねえ」あわあわとした染みの浮いた右手を口元に当て、千代は可笑《おか》しそうに笑った。「天女様が祟るとか、山姥になって子供を攫《さら》うとか」

「天女様が子供を攫う……？」

自分の声が少し遠くに響くような錯覚をした。

「民話じゃ神様も鬼も紙一重ですものねえ。拝めば優しいけど不信心者には罰を当てちゃう」

笑う唇を覆う指がゆらゆらと揺れた。優雅にくねる指だと思っていたけれど、よく見るとその関節は、少し不自然な方向にひしゃげているかのようにも見える。

「でもね、この柄をまた織ってみようって田舎の身内ががんばっているの。資料館を探したり文献を見たりしているわ。なんとかして天女様の柄を復元させたいんですって」

団地街が暮れなずみ始めていた。飽和した湿気が夕風にかき回されて汗を誘う。

「こっちでも展示即売会みたいなものを催したいとか。柚子さん、良かったら見に来ない？」

「あの、和服を着る機会はなくて、買うようなお金も……」

「いいのよ。見てくれる人がいるだけでも励みになるんだから」

ちらり、ほらり、と街灯が点り始めていた。

広がる暗がりの中、地面に這う多肉植物と土との境界が曖昧になり始めている。

「あら、お店が閉まってしまう」周囲の暮色を感じ取った千代がくるりと話題を変えた。「いけないわ、私、洗剤を買わなきゃいけなかったの」

立ち入ったことを訊かないけれど彼女の話題はとりとめなく変わる。疑問を口にする間を失い、取り残されたような心持ちで柚子は口を噤んだ。

「ごめんなさいね。急いでお店に行かなきゃ」

「いいえ、お引き止めしちゃったみたいで……手提げと枇杷、ありがとうございます」

薄暮の中、いそいそと別れの言葉を告げて千代が歩き去ろうとしていた。パラソル

はもう閉じられ、仄暗い歩道に地味な色のスカートからのぞく脚が白い。

暮れた空には、もう細かい星が浮かび始めている。

遮光カーテンに良く似た小花の織り模様。山姥に変容する天女。

「かみさん、祭りを」窓辺で告げた女の、水音に絡むかのような細い声音が蘇った。

四方を囲む団地の壁に濃い闇が蟠《わだかま》り、地面には痩せた白樺と錆の浮いた街灯が長い影を這わせているのだった。


闇の窓辺には賑わいが生まれたと思う。

外に夜闇がたれこめ、古びた団地が静まり返る頃、静かに網戸を打つ者達が増えている。毎晩ではない。週に一度の時もあれば数週間、誰も訪れないこともある。

彼等は一様に供物を捧げ、姿勢を低くして合掌する。拝まれるほどの者ではない。

神通力などありはしない。それでも崇められる、この心地よさは何なのだろう。

自分の力などではない。窓が異界に通じるのは多分、ほんの偶然に過ぎないのだろう。ただ、彼等に祈られ、少ない言葉を交わし、素朴な品々を献じられると、現世では感じることのない喜びを覚えてしまうのだ。

「天女様が山姥になったのよ」

たおやかな老婦人の言葉が気にならないではない。

けれども考えてみれば自分は天女と呼ばれるほどの麗人でもなければ、祟る妖力《ようりょく》があるわけでもない。長い長い口伝の末、事実がおどろおどろしい物語に変化するのはよくあることだ。

事件性がないと判断された配偶者の死なのに、まるで下手人であるかのように囁かれ続けたではないか。義母の崩れた理性が生み出した「殺人鬼」という罵言を信じ込み、あからさまに距離を置き出した人々も多かった。

あれは荒唐無稽《こうとうむけい》な昔話。訪れる者を祟る理由など何もありはしない。天女伝説が柚子と窓を訪れる女とのことだと示す確証もない。

ただ心は現世から少しずつ離れて行く。この窓を通して素朴な者達とささやかなやり取りをしながら過ごせたらと思う気持ちばかりが強くなる。

ぽすぽす……

ぽすぽす……

今夜も軽く網戸を打つ音が室内に伝わり、窓辺に一人の男がやって来た。

窓を開くと外の空気がひやりと冷たい。湿った土と鼻腔《びこう》を圧するような樹木の匂いもなだれ込む。

「かみさん、かみさん、拝ませてたんせ」

反物を持って来る女とも、黒い米を供える男とも響きの違った訛。

そろそろと窓を開けると初めて見る風景が広がっていた。

巨大な針葉樹がみっしりと生《お》い茂り、地には這いつくばるように地衣類が繁茂する。眼前の切り立った崖には根付きかけた若い樹木群、見上げる天空には散らばる星々と瓜の形に似た月が冴《さ》え渡っていた。

ここは多分、山間《やまあい》の深い谷。ごろごろとした石と大木が黒々とした凹凸を翳らせている。響く水音はなだれ落ちる山中の滝だろうか。ずいぶんと力強く、豊富な水量を感じさせる。

窓の側にはうっそりと立つ一人の大柄な男。肩に黒い毛皮をかけたまま俯《うつむ》き、ぼそぼそと聞きにくい願いを唱えていた。

天候が穏やかであるように、山が静かであるように、食料に困らず人々が息災であるように。

人が変わり、風景が変わっても祈りの内容は大きく変わらない。人の望みはさほど多岐にはわたらない。食べて、着て、住んで、そして健やかであるように。少しの例外を除けば通常はその程度の望みで事足りるのではないか。

「かみさん、獣、なんとだや？」

ひとしきり祈った後で男が聞いた。ひび割れた唇から発する声はこれまでに聞いたことがないほどくぐもり、単語ひとつひとつがあまりにも不明瞭だ。

この男の顔もまた煮染《にし》めたように黒々と焼けている。ずんぐりと丸く見えるのは山間の冷気に備えて布と藁と獣の皮を重ねて着ているためだろう。

「け、も、の?」

柚子は音を区切って聞き返す。正しい内容はわからない。ただ「獣」という一言だけ、かろうじて理解できた。

「俺どさは」男がゆっくりと、短く音声を繋ぐ。「獣ばりしか、ねえ」

断片的に意味がわかる。けれども細かい内容までは理解できない。だからなるべく短い言葉で応じることにした。

「見、せ、て」

男は銀色のサッシの内におずおずと、黒灰色の手甲《てっこう》をつけたままの手を差し入れた。身体が動くたびに汗と垢を重ねたかのような体臭が漂うからそっと窓から顔をそむけた。

テーブルの上に置かれた黒い塊は平たい卵球形で、月明かりにてらてらと照らされている。

「熊」

男がさらに短い言葉を発する。

「熊?」

柚子が問う。

「肝。薬」

聞いたことがある。熊の内臓が漢方薬として古くから重宝されていたことを。目の前に置かれた物の価値が今夜も明確にはわからない。けれども短い取り引きの経験から、現世にはこれを欲しがる人々がいると直感した。

黒い塊をテーブルのこちら側に引き寄せ、対価のボトルを一本、黙って窓の外に差し出してみた。

「かみさん、かみさん」

男はほとんど唇を動かさずに声を発し、首を大きく横に振る。

「足りん。足りん」

肩に掛けた皮の上にぼろぼろと白い雲脂《ふけ》が溢れ、その不潔さに視線を逸らす。

「かみさん、こんけぇ、けぇでけれ」

男は喉にこもるような低音の声をあげ、指五本を突き立てて何度も頭を下げた。

対価が足りない、と訴えているらしい。

獣の内臓を捕るのは多分、命がけの生業《なりわい》だ。これひとつのためにこの男はどれだけ野山を巡り、どれほど神経をすり減らしたのだろう。それに対して差し出されたものがあまりにも安価だと訴えている。

求められるままに与えてもいい。けれども言われるままに渡してもいいのか、と内側の声が問う。

反物にも穀物にも与える対価は一本。多くても三本。ここで五本も出せば均衡が崩れるのではないかしら。

祈られるのは悪くない。喜ばれるのもありがたい。けれども聞き取りにくい言語でこの先、交渉してくる者が増えたら煩わしい。この商品に現世でどれほどの値段がつくのか、今の時点では全くわからないのだ。

考え込んでいると男は無表情のまま指を四本に置き換えた。

「でぇ、こんけぇでは……」

眼前の急斜面に生えた針葉樹林が、ざわり、ざわり、と上空の風に揺れる。

冴え冴えとしていた月に筋雲がたなびいて兎の模様を遮った。

「かみさん、んだら、こんけぇ……」

言葉を発しないままでいると男は指を三本に減らして言いなおす。その所作を見て口元に安堵《あんど》の笑いが浮かんだ。これくらいなら良い。これで交渉を終わらせてもいい。

自分の吊り上がる口元を、外の男が真っ黒い瞳でじっと見つめていた。

決まった価値などない。ここでは自分が価格を決めれば良い。窓の内側で自分が納得し、外の者が頷けば価値が決まるのだ。

「壊れたら燃やすように」

三本のボトルを渡しながら言い添えたのはそこに存在しないはずの物質が遠い将来に残ることを案じたから。峻厳《しゅんげん》な山の眺めがそう言わせたのか、崖をみっしりと覆う針葉樹林の重みに気圧《けお》されたためなのかはわからない。

「かみさん、ども、ども」

汚れた手に対価を捧げ持った男は何度も頭を下げ、背を丸めて礼を言う。

「この先も、獣、いいがや？」

深く腰をかがめたまま見上げた男の白目が闇にぎらりと輝き、その鋭さにたじろいだ。

「な、かみさん、獣、いいがや？」

穀物や草を捧げ持つ者達とも、反物を織る女とも異なる。その眼光は紛れもなく命を狩る者のそれだった。油断してはいけない。穏やかに対峙しているけれど一歩間違えば何が起こるかわかりはしない。

「いいがや？」

三度尋ねる男に薄く笑って頷いた。相手も黄ばんだ歯を見せて表情をゆるめ、脂に固まった頭髪を揺らめかせてお辞儀を繰り返した。

谷風に乗って流れ込む体臭を嫌って早々に窓を閉じ、カーテンを引く。

紺色の布一枚で遮蔽《しゃへい》するだけで山間の風景は閉ざされ、ありふれた室内だけが眼前に完結した。

ふぅ、と大きく呼吸してから卵球形の臓器も反物や穀物と同じ棚に置く。

初めての者にあうといつもより疲れてしまう。画像に写し取って売りに出すのは少し先でも良いだろう。

これも良い値がつくのだろうか。次は誰が来るのだろうか。今度は何を持って来るのだろうか。


濃紺のカーテンが、ゆらり、と揺れた。

また誰かが来たのか。いや、違う。わずかな隙間風が吹き込んだだけだ。

テーブルの前に座り込むと腰がダマスク柄のクッションに深く沈み込んだ。その柔らかさがとろとろとした睡魔を導き、椅子に凭れたまま浅い眠りに身を委《ゆだ》ねて行った。


「すみません」

柚子はうつむいて謝罪した。そこはベージュのパーテーションに囲まれたミーティングスペース。目の前のチェアには派遣会社の担当者が腰掛けている。

「せっかくなのに、どうしてですか?」困惑した声が尋ねる。「今回の仕事は長期契約というお話でのご紹介だったんですが」

空色のネクタイに紺色の新しいスーツ。ふわふわとした栗色の髪がビジネスの場にそぐわない。彼は去年まで居酒屋で長く働き「昼の仕事をしたい」と派遣会社の人材管理部に転職したと聞いたことがある。

「ちょっと体調が良くなくて、フルタイムの勤務が辛いんです」

彼の真面目な仕事ぶりの前に「一身上の都合」程度の理由は通じそうにない。

「登録の時に健康状態については確認したはずですよね。派遣先では長く勤めてもらうつもりで研修も行っていますし」

診断書の提出でも求められるのだろうか。それとも始末書などが必要なのだろうか。

同時期に契約社員として入社した六人のうち一人の男性が来なくなっていた。数日前に「契約を更新しない」と宣言した女性が一人。長期勤務を前提に送り込んだスタッフが次々と辞めて行くのは、彼にとって好ましくないに違いない。

「すみません。契約期間は最後まで勤務します。ただ更新は控えたいんです」

「正直、辞められるのは予定外なんですよ。不満があるならざっくばらんに話してください」

夜の仕事があるから昼の勤務がきつい、とは言いにくい。

「時々、自宅の窓が違う世界に通じます」

「そこに来る人達を相手に商売をしたいから昼の仕事を辞めるんです」

そう正直に口に出せたら楽なのに。事実を告げた方が「健康上の理由で勤務困難」とすんなり判断されそうな気もするけれど。

窓に品物を携えた者共が訪れるのは不定期だ。いつ窓が異界に開くかわからない。夜ごと窓辺に腰かけて過ごす。網戸を打つ微かな音を聞き逃さないよう、テレビもつけなければ音楽も流さない。室内の光量を落とすから本や雑誌を読んだりもしない。ただ黙って座り、ゆるり、ゆるり、と過ぎて行く時間に身を委ねて来訪者を待ち、時にはテーブルに凭れてうたた寝をする。

最近、ダイニングチェアをソファタイプに買い替えた。

座り易いクッションを設《しつら》えてペットボトルの棚も準備した。

ベッドではあれほど寝返りばかりしていたのに窓辺に座っていれば夜更けに浅い眠りが訪れる。

とは言っても朝は身体が重い。駅遠の団地からバスに乗り、そこから一時間余り満員電車に揺られ、さらに八時間の勤務を続けるのは辛過ぎるのだ。

「トラブルでもあったんですか？　相談に乗れなかった僕の力不足ですか？」

真摯な声で担当者が尋ねる。どう答えたらいいのだろう。記憶を探って出勤しなくなった年配の男性社員の愚痴をそのままなぞるように答えてみる。

「あの、派遣から正社員になれる人は、ほとんどいないようですし……」

「契約社員になって活躍する方はいますよ」

「見ていると勤務が大変そうで、そう何年も続けられないかと。若いうちでないと体力的に苦しくなるみたいで……」

受け売りとはいえ、自分がよく答えているものだと心の中で感心する。

以前は人の言うことに鸚鵡返しをして、曖昧な返答を繰り返すだけではなかっただろうか。

人の話を聞く、言葉を探して相手に伝わるように言う。

それらは全て闇の窓を訪れる者達と接しながら取り戻した感覚なのかも知れない。

「かみさん、祭りの夜は、いつもおざらねで」

反物を持って来る女が昨夜、親しげに窓に凭れてそう言った。

窓を開けて祭りの風景に出会ったことはない。毎年、秋になれば『かみさん』を祀り、村の者達が唄《うた》い、踊るのだと言うけれど。

「なんとか祭りにおざってけれ」

何度も言われてもいまだに居合わせたことはなく、女はそれが無念だといつも嘆くのだ。

初めてやって来た時はまだ少女のようだったけれど、この頃はわずかに老いの影が見える。

細面はそのままに頬がゆるやかに下がり、顎の輪郭が少し丸くなった。たっぷりとした胸も腰も柔らかく弛《ゆる》み、漆黒だった髪にきらきらと白い筋が交じり始めた。

彼女にとって窓を訪れる機会は何ヶ月に一度だろうか。あるいは何年に一度なのだろうか。大きな腹をして来ることもあったから、もう何人も子を産んでいるのだろう。孕むごとに女の皮膚と肉が重力に馴染むかのように、ゆるゆると地に垂れてゆく。まるで膨らんだ腹に若さを汲《く》み取られているかのように。

「数日お休みをして勤務を続けるという選択肢もありますよ」

熱っぽいけれど、どこかしら無機質な声が回想を遮った。

危機感を含む声音。ひどく真剣な眼差し。今、自分がいるのは闇の窓の内側ではない。ここはベージュのパーテーションに囲われたミーティングスペース。目の前に座るのは清潔なビジネススーツに身を包み、明瞭な言語で必要事項を伝える派遣会社のスタッフなのだ。

「派遣のままでいれば社員と違ってちゃんと残業手当も出ます。長期契約ですから安定しています。ここを辞めてもすぐ次を紹介できるという保証もありませんし」

書類をめくる指には土汚れとは縁遠い短い爪。ワイシャツの袖口からスーツに不似合いなダイバーズウォッチが覗いている。

「もう少し仕事を覚えるまで続けて様子を見るという方法もあると思うんですよ。社

員の方も長く勤めてくれる人をとても必要としていますし、いずれ別で働くにしてもここでの経験は役に立つはずです」

説得する表情は闇の者が対価を上げようとする様子に似ていなくもない。

状況や背景が変わっても、人が交渉に臨む顔は同じようなものなのだ。

「他にやりたいことがあるんです」

自分でも意識していなかった本音が、ぽろり、とこぼれ落ち、目の前に座るスタッフが白い歯を見せたまま饒舌《じょうぜつ》な喋りを止めた。

「続けてみたい仕事があるんです。そちらに時間を割きたいのでフルタイムの勤務は難しいんです。ご迷惑をおかけして本当に申し訳ありません」

すらすらと退職理由が口をついて出る。話しながら自分の突発的な雄弁に驚いていた。

「めずらしいですね」

一瞬で呆《ほう》け顔から脱した担当者が言った。

「あまり積極的にお話をしない黒崎さんがはっきりそう言うなんて」

「めずらしい、ですか？」

「それがめずらしい、と……？」

「どちらかと言うと口数が少なくて意見をはっきり言うタイプには見えなかったんで

す。そういう方がそこまで言われるならよくよくの決意なんでしょうけど」

　整った顔に諦めの表情が浮かび始めていた。

「すみません」

「しかたないです。ご存じと思いますけど今回、紹介した六人のうち、もう二人が契約更新しないとおっしゃってまして」

「はい、知っています」

「やはり社員さんの厳しい勤務状況を見てしまうと尻込みするみたいで」

「そうかも知れません」

「とは言え、今はどの会社もそんな感じなんですよね。苦しくない企業はなくて、だから条件だけで探しても就業は難しいと思います」

「はい……」

「黒崎さんのようにはっきりした目標がある場合は違うんでしょうけど」

「すみません」

　ミーティングスペースの空気が重い。契約更新しない派遣社員が増えて彼も辛いことだろう。

　自分はあの静謐で仄暗い夜の風景に馴染んでしまった。だから無味乾燥な現実にいるといつも心がふわふわと遊離してしまうのだ。

「派遣社員としての登録はどうしましょう。ご紹介は保留しますが登録は残しておいた方がいいと思うんですが」

「はい、それではそのままでお願いします」

担当者が細い指で栗色の髪をかき上げ、薄く汚れたパーテーションの向こう側に視線を泳がせた。

書類に置く手の小麦色とワイシャツの白さが爽《さわ》やかだ。決して焼き過ぎてはいない肌。闇の窓を訪れる者達の陽に炙られた手やひび割れた指に比べたら、なんて清潔で健康的なことだろう。

この人は仕事に満足しているかしら、と考える。

自分はきっと現世の何にも満足はしていない。ただ、闇の窓の向こうの風景が静かで蠱惑的《こわくてき》だから。訪れる者達は穏やかで、多くを語らなくてもいいから。そして彼等が持って来て、一時だけ手許に置く品々に淡い愛着を覚え始めているから。

ここから何かが開けるのかも知れない。だからあの窓辺で生業を探ってみようと考えるのだ。

「かみさん、かみさん、丸薬、けでけれ」

反物を捧げた後、女が低い声で言った。

ひょう、と鋭い風音が上空に鳴り、西から流れる薄雲の縁が月の光に白く際立った。

そういえば久しく薬をせがまれていなかった。気を抜いていたのだろうか。この頃はダイニングテーブルの上の籐籠に鎮痛剤の青い箱が無造作に放り込まれたままになっている。

偏頭痛など気のせいだと夫に言われ続けていた。薬物依存症とまで疑われていた。ずいぶん頭痛の間合いも遠くなったけれど、手の届く場所にアスピリンを置く癖が抜け切ってはいない。

窓枠の上には並べられた黄色い果実。輪郭を縁取る和毛が月明かりにけぶり、苦みと酸味と青臭い甘さの入り混じった薫りを夜風の中に放っていた。

「かみさん、頼む、丸薬、けでけれ」

縋るように女が繰り返した。

今夜の品物は野桃に加えて藍色と朽葉色の反物が合計ふたつ。どちらも織り込まれた白い糸目が、この部屋のクッションに似たダマスク柄を浮かび上がらせている。

「お供え、二反。丸薬、なんとか……」

「ない」

「頼む。けでけれ」

執拗に繰り返す女の眼差しが切羽詰まった気配を含む。視線はテーブルの上の籠の

中に注がれ続けていた。

この女はいつからこんな探るような物欲しげな目で室内を窺《うかが》い見るようになったのだろうか。もともとは拝むような、崇めるような、それでいて親しげな表情でこちらを眺めていたのではなかったのか。

「かみさん、かみさん」女が呟く。「おれの子が病んで、熱で身体中が痛えと……だから丸薬が要るで」

ねだられても応じるのは難しい。熱があると言われても何の病なのか判断がつかない。効かないこともあれば逆効果になることもある。そもそも子供に与えていいかどうかわからない。

「ない」

嘘と知れるのを知りながら拒む。

役に立つならば、とは思うけれど危険性が高い。症状を聞くには通じる言葉が乏し過ぎる。

同時にどうにかならないものかと模索する。その子は小さいのだろうか、手持ちの薬をやることはできないだろうか、と。

「かみさん、けでけれ。頼むから、けでけれ」

合掌して拝む指は若い頃よりもより太く、爪の中まで黒ずんでいる。指のところど

ころに盛り上がる瘤は織り胼胝《だこ》だと言っていた。

「かみさん、けでけねば……」女が祈るように呟く。「なんとしても、けでもらわねば……」

懇願とも独白ともつかない声が途切れ、見上げていた顔が、ふい、と後ろを向いて細い顎で背後の木立を指し示した。

誘われるように樹間に視線を移すと、ぎらり、と月光の照り返しが目を刺した。見慣れない輝き。それは自ら発光するものではない。白い月光を凝縮したかのような鋭い鉄の反射光だ。

目をこらすと淡緑色の葉がそよぐ雑木の中、弓に矢を番《つが》えて立ちはだかる男の影が浮かび上がった。

あのぎらつく金属は矢尻？　女が連れて来た者が、自分を弓で狙っている？

夜空にとろりと浮き上がる月。そよぐ樹々はいつもと同じ。さらさらと響く水の音も同じ。

ぎりぎりと弦を絞る音が微かなせせらぎに混じっている。

弓柄のたわみが空気を通じて皮膚にひりひりと伝わってくるようだ。

「かみさん、丸薬を……頼む、丸薬を……」

拝む姿勢を崩さずに女は読経のような声を放ち続けていた。

震える黒髪にやわやわとした月光が降り注ぎ、幾筋かの白髪を照らし上げた。

窓の向こうは異界。使い慣れた言葉すらうまく通じない。自分は窓から一歩も出たことがない。けれども団地街よりも職場よりも、そしてかつて住んだ新築マンションよりも、なぜかしっくりとここが身に馴染むのだ。

そうね、私、もう死んでいるようなものだったものね、と、そんな想いが心に広がった。

人殺しと罵られ、陰口を囁かれ、逃げるように住処を変え続けた。その度に義母が探し当てててはドアチャイムを鳴らし、「息子を突き落とした」「あの子の命を返せ」と泣きながら訴えた。だから誰にも転居先も連絡先も知らせることなく、ひっそりとこの場所に逃げ込んだのだ。

知り合いの前から消え失《う》せ、連絡も断つ。こうして存在を隠してしまうこと、それはある意味、死んでいるのに等しいのではないかしら、と思い至る。

「御免して、かみさん、御免してけれ」

震え声で唱えながら、女はこれまで決して越えることのなかった窓枠の内側に上半身を乗り出していた。

テーブルに這うようにして手を伸ばすと、赤茶けた髪が異形の生き物のようにクロスの上に広がって蠢いた。

この女の名は何というのだろう。こうなる前に名前を尋ねてみれば良かったのかしら。

薬など、くれてやってもかまわない。高いものではない。女のもたらす布に比べたら取るに足らないものだ。

もう反物の取り引きは終わる。これに倣って他の者達も柚子を脅して部屋のものを奪おうとするのかも知れない。そうしたら自分は、またどこぞの灰色の職場に身を埋めるしかないのだろう。

義母が、またいつ来るともわからない。追われ、通い詰められても、もう転居する気力も涸《か》れ果ててしまった。

その矢を射って、私を殺すの？　視線だけで矢を番える者に問いかけた。

男の黒々とした瞳が淡い月光を照り返している。

自分を見据えて動くことのない眼差しが奇妙なほどに頼もしい。

「私を苦しませないで、一瞬で殺せる？」

遠い樹間に立つ者を見やって今度は声に出して訊いてみる。

男の眼光が揺るがないのを見て取ると、自分の顔が、とても嬉し気に綻《ほころ》ぶのが感じられた。

口角が笑いの形に吊り上がり、薄く開いた唇の端で両の犬歯がひやりと冷たい外気

に触れる。

「射って」

大きく声に出して呼びかけると、今まで微動すらしなかった矢先が、ひくり、ひくり、と覚束なげに揺れた。

「揺らさないで！　躊躇わないで射って！」

鼓舞するように声を放つと、ぎらめく矢先が、さらにふるふると震えを増した。

いけない。これでは軌道が逸れてしまうではないの。

そう案じた時、ざわり、とひしめく木立が鳴動し、なま温かい強風が窓の中にまで吹き込んだ。

髪の毛が巻き上げられて視界を遮り、打擲《ちょうちゃく》するかのように頬を打つ。

数多の広葉樹がぞよぞよとどよめき、女の着物と髪が風に吹き上げられて冥い花のように広がった。

強まった風の音で呼び覚まされる記憶は、昔、住んでいたマンションの最上階。

室外機の側で風速が異様に増す一瞬があると、自分は知っていたのではなかったかしら？

ベランダの一角で起こるつむじ風のような烈風に、何度か吹き落とされそうになっていたのではなかったかしら？

思い出す。あの日、自分は夫がそこに近寄るのを止めもせず、ただ黙って見ていたのだということを。

どうして忘れていたのか。この事実が、なぜ、封印されていたのか。

福々しい夫の笑顔から逃れたかった。搦《から》めとられたかのような結婚生活から抜け出したかった。だからと言って人の死を望んだことなど、決してありはしなかったはずなのに。

月明かりを受けて輝く矢尻がさらに大きくぶれている。揺れる照り返しはまるで巨《おお》きな星の瞬きのようだ。

あの震えは射手の迷いを映したものなのだろうか。それとも風に煽られて軸が動いているだけだろうか。

テーブルの上では女の右手が籐の籠の中に忍び入り、鎮痛剤の青い紙箱を握りしめていた。

どうして自分の身体が動いたかがわからない。

何をしようとしたのかもわからない。

気づいたらカーテンの陰に身を隠し、テーブルの上のマグカップを握って振り下ろしていた。

ぐしゃり、と骨肉が潰れる音がする。

風音ばかりの窓辺に、夜気を切り裂く絶叫が響き渡った。

悲鳴は手を砕かれた女の喉から迸《ほとばし》ったもの。

握りしめたカップは箱を掴《つか》む女の右手に叩きつけられていたのだ。

女はそれでも箱を放さない。だからもう一度、力任せにカップを打ちつけて節くれだった指の関節を打ち壊した。呻《うめ》き声を発しながら女が左手に箱を握り替えるとまた力の限りにそこを殴打する。

なぜこの女を打つのだろう。

殺されてもいいと思っていたのに。

薬などくれてやってもかまわなかったはずなのに。

命を脅かされた怒り？　裏切りに対する怨嗟《えんさ》？　それとも単に生への執着？

打擲を加える頰を、びゅう、と鋭い風圧が擦過し、皮膚に痛みにも似た熱が走った。

射られた矢が開いた窓を突き抜け、その矢羽根が頰を擦ったのだ。

鈍い振動を発して背後の壁に深々と矢が刺さる。強い推力が矢羽根の震えに変わって、びりびりと空気の中に波動を伝えていた。

黒光りする太い矢柄。ほんの数センチ横に逸れていたらこの粗野な狩具に頭を突き抜かれていたのだろう。

一瞬の間を女は見逃さなかった。血の迸る左手に箱を掴んだまま窓辺から逃げ去っ

て行こうとしていたのだ。

毀《こわ》されて潰れた右手が命を失ったかのようにぶらぶらと揺れ、赤黒い血を、ぼとり、ぼとり、と地にこぼす。

黒土に吸われる血の色が初めて女と出会った時に見た蝕の月に重なった。

窓辺に巻き上がる濃紺のカーテンが視野を遮る。

朧ろ月にかかる筋雲はまるで漆黒の亀裂のようだ。

「二度と来るな！」

手指を砕かれた女に叫ぶ。

「また来たら、祟る」

とっさにそう言い放ったのは祟る天女の話を聞いたせいなのだろうか。

身を晒さないように気をつけながら窓を閉じ、結界を張るかのように力をこめてカーテンを引いた。

外界と室内が遮断されると手足が痙攣《けいれん》するように震え始めた。右手に握りしめているのは取手も縁も欠けてしまったマグカップ。そこにはどろりとした血肉がこびりついている。指を引き離そうとしても関節が強《こわ》ばって動かない。

壁に深々と突き刺さった矢はすでに振動することもなく、命を失ったかのように静まっていた。

窓に目をやるとそこには濃紺のカーテンの白い小花模様。ありふれた品。めずらしくもない古い窓。

この向こうに何が広がっているのか。

今、もう一度これを開けばそこは朽ちかけた団地街に戻っているのだろうか。

掠《かす》めた矢の風を頬が確かに覚えていた。

突き抜ける疾風の、びょう、と慟哭《どうこく》のように鳴る音を思い出す。

自分は知っていた。あの室外機の側には人間をも吹き上げる風が時折通り抜けることを確かに知っていた。

「人殺し」その面罵は病んだ義母の妄想ではなかったのだ。

だから何だと言うの？　冷えた気持ちでそう考える。

それを知っていたなんて、誰にもわかりはしないの。不幸な事故だということになったんでしょう？　だから今までと同じように知らなかったと言い通すしかないの。

無実で罵倒されるのは耐えられない。けれども自分が犯した罪を糾弾《きゅうだん》されるなら受け止めるしかない。そして覚えがないと欺き続け、そしらぬ顔で生き抜いていかなければいけないのだ。

壁に突き刺さった禍々《まがまが》しい武器を左手で握りしめて力任せに引き抜くと、ぼこり、と壁が脆《もろ》く壊れ、破られた壁紙の下から白茶けた壁土がこぼれ落ちた。

右手にあるのは割れたカップ。左手には柄が黒ずんだ矢。粗野な凶器の先端が恐ろしい。ぎらつく矢尻が猛々《たけだけ》しい。けれどもその禍々しさこそが、もしかしたら美しいのかも知れないと考える。

もういいの、と逃げ去った女を想って呟いてみる。

あなたと会うのが、楽しかったわ。こっちの世界よりもずっと生き生きした気持ちにさせてくれたの。ありがとう。でももう終わり。もうあうことなんてない。

心の通いあいなんて、二度と求めはしない。

カーテンの向こうからは風の音。それは水辺に茂る豊かな雑木林のぞよめきではない。細く、葉もまばらな白樺が風に吹かれる喘《あえ》ぎのような音だった。

団地の中を風が吹き続けている。明け方にかけて雨も降ると言う。

飛び散った飲み物がテーブルとラグの上を茶色く染めている。

そうね、まずこれを拭《ふ》かなきゃいけないの。染みになったら、私、とても困るの。お湯で温めたら右手から割れたカップを捥《も》ぎ離すこともできるかしら。

壁から抜いた矢を握りしめたまま立ち尽くし、ただぼんやりと考え続けるのだった。

「あら柚子さん、こんにちは。お久しぶり。お元気かしら？」

軽い訛の声が静かな雨音の中から呼びかける。

温い雨に降りこめられた集合ポストの前だった。振り返ると雲間から差し込む桃色の逆光の中、水色の傘をさした老婦人のチュニック姿が浮かび上がる。

「ああ、千代さん。お久しぶりです。この間はすてきなものをありがとうございます」

窄《すぼ》めた傘を丸めながら柚子は返す。

「いえいえ、つまらないものでお恥ずかしいわ。それにしても蒸し蒸しするわねえ」

「本当に、いつまでこの雨が続くんでしょう」

ありきたりな挨拶。それでも鸚鵡返しではない応答が自然に自分の口から出るようになった。

「また遊びに来てちょうだいね」

「はい、ありがとうございます。またぜひ」

行く事があるのだろうか、と思いながら笑顔で返す。

「そういえばねえ、柚子さん」千代が傘を閉じながらゆっくりと語りかけた。「私の田舎って織り物が盛んだったって言ったでしょう?」

「ええ、いただいた手提げの細かい柄の布ですね」

「そうなの。それがね、注目されているの」

自分が売り流した反物。それに良く似た織り物。今、どう使われているかなど知り

はしない。

「今度ね、展示会をするんですって」さあさあと降る雨の中、囁くような声が続く。

「廃れた織りの技術を、私の身内が復活させてね、大学の教授さんや名のある先生にも認められたのよ。百貨店からの買い取りの話もあって、今度、展示会をするんですって」

「ああ、それはすごいですね……」

「出したものは全部、売れてもいるみたい。とても評判がいいし、良いお値段がついたんですって」

「地元の産業になりそうなんですね」

「そうなの。特に私の身内が織ったものの評判が良くて。古い資料にしか残っていない織り方を完璧《かんぺき》に復活させたんですって」

天女に教えられた柄。天女を怒らせた村人。そして祟りを為《な》す山姥。以前に聞いた話が思い出される。

「今ね、団地の管理組合の方にも許可をもらってポスターを掲示板に貼らせていただいたわ。小さいチラシもあるから柚子さんもお時間があったら見てちょうだいね」

静脈が青く浮いた白い手が肩に掛けた帆布のバッグから一枚の紙を取って差し出した。

「ありがとうございます」

「私、嬉しいの。伝統の物が売れるようになったら、過疎の田舎もまた栄えるかも知れないの。住む人も増えるでしょう？　そうしたら、お店もできて、お祭りも活気がつくんじゃないかしら」

「お祭り、ですか……？」

窓の外で祭りをしていると女が言っていた。あの後、秋の祭りなど消えてしまったのだろうか。

「そう、ずっと途絶えていた秋祭り」雨音の中から声が届く。まるで柚子の思いを読み取ったかのように。「天女様のお祭りを復活させるんですって」

「天女様のお祭り、なくなっていたのですね？」

「ええ、でも今年の秋からまた始めるみたい。森の首塚に『織り物が栄えますように』ってお参りするそうよ」

「え？　森の首塚？　そんな場所で天女様のお祭りが？」

「天女様は山姥になってしまったでしょう？　その後、村の赤ん坊を攫って生きたまま食べるようになったのよ。だから村人に襲われて首を刎《は》ねられたの。その首をお社の脇に埋めて首塚として祀るようになったんですって」

「赤ん坊……？　首を、刎ねられた……？」

「以来、祟りはなくなったとか」

短い立ち話の間に薄灰色の雨雲は風に流れ、落ちる雨がわずかに角度を増していた。

「天女様は、赤ん坊を食べたのですか？　そして、首を……村の人に首を、刎ねられたのですか？」

「よくある昔話だけど、今の感覚からすると残酷よねえ」

あわあわとした月光が降り注ぐ闇の窓の風景が、ふぅ、と眼前に幻出した。そこを突き抜けて壁を抉《えぐ》った矢風の圧が生々しく頬に蘇る。

「鬼のような山姥になった天女様だけど、首塚に祀られてからは織り物の守り神になったの」

雲間からうっすらと陽が差し込み、屋根の下は一層暗く感じられる。そこから語られる声に何やら慰めの響きを感じてしまうのは錯覚だろうか。

「昔の戦争があったり、化学繊維が流行《はや》ったりして廃れていたけど、今はきっと織りの良さがわかる時代のはずよ。首塚の天女様も見守ってくれると思うわ」

打ち据えられた女が逃げ去った後も、窓の外にはぽつりぽつりと商いをする者達が訪れている。穀物や獣の臓物を携えて来る者がいる。新たに薬草や木の細工物を捧げる里人も現れた。

もう無防備に大きく窓を開けることはしていない。

品物を手渡す程度の隙間しか作らない。身を守るための武器も揃えた。必要以上に言葉も心も交わすことはない。それでもやり取りに齟齬《そご》はなく、棚の中には売り捌《さば》かれるのを待つ品々が蓄えられているのだ。

千代と別れ、細かいひびの走る通路を歩きながら見るともなしにチラシを眺めた。印刷された画像は夏用の単衣《ひとえ》に仕立てられた藍色の布。和服に縫い上げられ、衣桁《いこう》にかけられ、まるで羽を広げた蝶《ちょう》のように佇《たたず》んでいる。

あえかな既視感。画像の粗い中、その生地に目をこらすと斑紋にしか見えない白い点が細かく織り上げた六弁花だと見て取れる。

確かめたい思いが湧き上がり、登りかけた階段を取って返し、温い雨にけぶる団地街を歩き抜けた。

集会室も会議室もこの場所にしては人影がある。住民の談話の場になっていたり、市の相談員が週に数回、窓口を開設したりしているからだ。

汗を拭きながら掲示板の前に立つと屋内にこもった湿気がさらに肌を湿らせた。

古めかしいボードに貼られた手書きのお知らせの中、和服を写したポスターの大きさと色彩が目を引いた。もうわかっていた。見覚えがある。間違いなく手を潰された女が捧げた反物だ。

メインの和服の他にもいくつかの生地がアップで配置されている。色づけられた糸

が織りなす柄はペイズリーにチロリアン、ダマスク。それらの模様は部屋着やクロスとして全て自分の部屋にあったもの。あの女が忠実に真似て供え戻した布の柄なのだ。

「現代の織り女が廃れた技法を完全復活」

「古式の柄に漂う西方の匂い」

装飾的な文言が躍り、名のあるらしい識者の賞賛がちりばめられている。

「ちょっと、これ、良い柄ねえ」

背後から話しかけられた。

「ええ、そうですね」

答えるともなしに声が出る。

「こんな模様が昔っからあったんだってさあ」

「田舎なのにずいぶんエキゾチックなもんだねえ」

通りすがりの住民達の声が背後に流れては消えて行く。

この布は全て自分が売ったもの。もともとは手を潰された女が織ったもの。

購入者の身元など気にもとめてはいなかった。配送はいつも匿名だ。ただ布を買うのはいつも同じ人物だったような覚えがある。

売り流した布は山間の過疎の土地に買われて行き、そこに住む織り女の作として現世で名を上げようとしている。

とんでもない茶番だと思う。

けれども暴く気になどなりはしない。

布を織った女は壺と薬を手に入れた。自分は幾許かの金を儲《もう》けた。反物の買い主は名声を得ようとしている。

誰も損はしていない。

このままでかまわない。

けれども反物はあと数反しか残されていない。

布が尽きた時、現代の織り女達はどうするつもりなのだろうか。

ふと嗤《わら》う。

自分が案じることではない。尽きたら尽きたでかまわない。それまでに女達が技法を学べるのなら学べば良い。学び取れなければ再び廃れればいい。ただそれだけだ。

ポスターに背を向けると外には糸のように細い雨が降りしきり、誰かが置いた鉢植えの紫陽花《あじさい》を濡らしていた。

もうじき日が暮れる。また今夜も闇の者が訪れるのだろうか。つつがなく話がまとまりさえすればそれでいい。もう多くは望みはしないのだから。

商いが無事に、細く長く続くことだけを願いながら雨の降りしきる団地街に歩み出して行った。

ぽとぽと……

ぽとぽと……

今夜も網戸を打つ弱い音が響く。

また闇の者がやって来た。この世の器物を求め、めずらしい品を携えて窓辺を訪れてくれたのだ。

ダイニングテーブルの脇に腰掛け、テーブルクロスの下に隠した右手で小さな武器を握りしめた。

油断はしない。

二度と気を許しはしない。

どれほど素朴に見えても、自分を崇め讃《たた》えても、所詮《しょせん》は闇から訪れる者共だ。

いつ襲いかかって来ないとも限らない。また矢で狙われるかも知れない。下手をすれば首を刎ねられることにもなりかねない。

ぽとぽと……

ぽとぽと……

急くような打音が続く。

「どこの者？」

すぐにカーテンを開くことはない。先に相手の素性を確かめてからだ。

「かみさん……」

密やかな声が湿った空気を伝い、びくり、と身を固くした。

「かみさん……頼む、開けてけれ」

聞き覚えた声。耳に馴染んだ重たい滑舌。それは反物を織る女が窓の内にいる天女を呼ぶ声だ。

「戻れ」

強く言い放つ。

外の者共は通常なら窓を破ろうとはしない。けれども身構えてテーブルクロスの下、現世で買い求めた小型の武器を握りしめてしまう。

「かみさん、かみさん、御免してけれ」

窓を打ち、すすり泣くような声を女は発した。

背後の壁には太い矢に穿《うが》たれた痕《あと》。鋭角に抉れた穴からは土色の壁材がぼろぼろと毀《こぼ》れ落ち、掃いても、拭いても、翌日には床に細かい壁土がうっすらと積もる。

「かみさん……」女が嗚咽《おえつ》するようにせがむ。「御免してけれ、御免してけれ。祟りを、解いてけれ……」

ぼそぼそとした声。窓越しではよく聞き取れはしない。けれども「祟り」という不

穏な響きに耳をそばだてた。

「かみさん、おれ等が悪かった。御免してけれ。祟りを解いてけれ」

「何があった？」

窓越しに聞いてみたけれど、すまなかった、赦《ゆる》してくれと泣きながら繰り返されるばかりだ。

「何があった？　言え」

声を張り上げて問うと、閉じた窓の向こうから涙声が訥々と語り始めた。

相変わらずわかりにくい言葉。時折、遮り、聞き返し、おおよその意味を理解した。

奪われた薬は病んだ子供に与えられはしなかった。家の者に取り上げられ、村の豪農に献上されたと言う。すでに家には成人した跡取りがいた。育つかどうかもわからない幼子を治すより、食い扶持《ぶち》を増やすための耕地をもらい受ける方が優先されたのだ。

けれども豪農が長患いでやせ細った身内に飲ませても奪った妙薬は効かなかった。霊験灼《あらた》かなはずの薬を呷《あお》った者はさらなる痛みに苛《さいな》まれ、何も食えなくなり、やせ細って世を去ろうとしているのだとか。

「かみさん、御免してけれ。祟りを解いてけれ」

涙混じりの懇願が続く。

愚かな、と思う。

薬には使い方がある。誤れば重篤な健康被害を招く。

自分には祟る力などない。

間違った薬の用法で病み衰えた者を治す知識も技術も持ち合わせてはいない。

「子は、どうした？」

気になっていたことだけを訊いてみる。

「病みは治まった。だども、目が……」わずかの間に老いを増した声がむせび泣く。

「頼む、祟りを解いてけれ。おれを殺してもいいから、祟りを解いてけれ」

女はさらに嗚咽しながら語り続けた。妙薬を献上した夫と息子達が捕らえられたと。

病んだ者が死ねば彼等は見せしめに刑罰を受けるのだと。

「責め苦を受けたもんは、二度と稼げねえ」しゃくり上げながらの訴えが続く。「足を叩き折られれば、もう立てん。手の筋を切られれば、二度と物も持てん」

過酷な責めで損傷した人体は元には戻らないのだと、骨を砕かれ、腱《けん》を断たれれば、まともな回復は望めないのだと言う。

たとえ家に戻されても生涯、生業には戻れず、自力で立つこともなく這いずって生きるしかない。生産性の低い世で稼げない者を養う余力はなく、男手を失くせば一家は飢えて死ぬしかないのだと、女は泣き頻《しき》った。

自分を脅した者達への恨みがないわけではない。けれども二度と稼げない身体にしたい、飢え死にさせたいとまでは思わない。

あの福々しい笑顔の夫を死なせたのも自分。この女の身内を絶やすのも自分。

殺意などない。けれども自分が関わればなぜか人の命が縮む。

「天女様が織りの柄を伝えたの」

老婦人の囁くような言葉が蘇る。

「天女様は口が耳まで裂けた山姥になって村を祟ったんですって」

自分は天女。そして今、祟りを為す山姥になったのだと思い知る。

「村の赤ん坊を攫って生きたまま食べるようになったのよ」

物語の続きも思い浮かぶ。布の意匠を与え、村人を祟った自分。

やがては嬰児《えいじ》の肉を喰うようになるのだろうか。

いつかは闇の者達に首を斬られ、ここに生首を祀られるのだろうか。

外で風が鳴る。ごうごう、ごうごう、と、吹き抜ける風音に慟哭が絡む。

祟りを解いて欲しいと、赦して欲しいと、窓の向こうで訴える声がいつまでも続いていた。

乞われてももう窓を開けはしない。開けたとしてもできることなど何もない。

雑木林を打つ風の音が窓の内側にも響き渡る。

閉じられた窓の内側で、濃紺のカーテンまでもが揺れるかのようだ。

いつしか女の声が嗄れて消え、やがて爪が、かりかり、かりかり、と網戸を掻《か》き始めた。

開けて欲しい、赦して欲しいと掠《かす》れ切った声がとぎれがちに乞い続ける。

明日の朝、窓を開ければ三階の網戸に指の皮と血がこびりついているのだろうか。

夜が更けてゆく。風が弱まる気配はまだない。女が立ち去る気配もない。

濃紺のカーテンの向こうから、吠《ほ》えるような風音と女の忍び泣きが、いつまでも、いつまでも、聞こえているのだった。

やみ児

コーヒーにミルクを垂らすと歩道沿いのカフェを思い出す。

窓の外では街路樹の葉がいつも夕陽をきらきらとはね返していた。

そこを足早に通り過ぎるのは仕事帰りの人々。

思い出の中、白い出窓の席に座った柚子は考える。ちょっと疲れたから砂糖をたっぷりいれてしまおうかな、と。

ガラスドームの中のタルトはどれも美味《おい》しそう。でも今はだめ。お腹になるべく余計なものを入れないようにしなきゃ。だって、この後、友達と飲むビールがまずくなっちゃうから。

「ごめんね。待たせちゃった？」

懐かしい友人の声。

「ううん、今、来てコーヒー頼んだばっかり」

「あたし、営業先から直帰で来たんだよ」

「あと二人もすぐに来るんじゃない？　今日はノー残業だって言ってたから」

「そっか、久しぶりだね」

顔を見合わせて笑った。よく待ち合わせに使っていた手頃なカフェ。最後にあった日は、夏の夕陽がいつまでも、いつまでも、沈むことなく窓の外で照っていた。最近、よく思い出す。ごく普通に仕事をして、ごく普通に友達と喋《しゃべ》っていた日々のことを。ありがちな愚痴など言いあっていた。話題は仕事とおしゃれと恋愛のことが多かった。

仲の良かった友達はどうしているのだろう。もう連絡を取っていない。今、住んでいる住所も、変えてしまった電話番号も知らせてはいない。

この腰高窓の前に座る時、以前は夫のことを思い出していた。自分を追いかけ、追いつめる義母の顔も思い浮かんでいた。

最近はそれら全てを飛び越え、もっと前の、ごく平凡に勤め人をしていた日々のことばかりが心に去来する。

懐かしさなのだろうか。あの頃に戻りたいと思っているのだろうか。

自分の気持ちをいまひとつ摑《つか》めないまま、花火の燃焼部分をほろほろとほぐす。紙の上に落ちた火薬をプラスチックカップの中に詰めて気休め程度の護身具を作る。こんなものでは頼りない。けれどもないよりはましだろう。

商いをする相手が悪心を起こさないとも限らない。だから身を守る策は講じなければいけない。

それも現世の法の範囲で手に入るもので、近隣に知られないように。そして火器にも電気にも詳しくなくても扱える程度の難易度のものを。いざという時にはこの程度でも虚仮《こけ》威《おど》しくらいにはなるはずだ。

今夜も何者かが窓辺に歩み寄る気配が伝わって来る。

微《かす》かな足音。けれども商いに馴《な》れ始めた耳が確実にそれを捉《とら》えるようになった。

網戸が打たれるその前に、今はこちらから声をかける。

「どこの者？」

「六ツ小屋の……」

くぐもった男の声が応《こた》えた。

ほとんど口を開かず、喉《のど》と舌だけで音を作るかのような聞きにくい声音だ。

手にしていた品々を脇によせ、窓を少しだけ開いてその姿を確かめる。

必要以上に背を丸めているから小柄に見えるけれど、実は意外に背の高い男。顔やら首やらを隠す脂じみた髪の毛の奥には大きな二重の眼差《まなざ》しがあり、唇はりりしい形に引き結ばれている。

「何を持って来たの？」

男は今夜も丸い木の実を窓辺に並べる。果実を供えなくなった来訪者も多いけれど、この男は律儀に四季折々の実を六つ、ことり、ことり、と置き続けている。

窓辺には薄紅色に染めた霞草《かすみそう》のルームフレグランス。

ここを訪れる者達は一様にそれぞれの体臭を纏《まと》う。時には不快な臭気を紛らわすために置いた芳香剤が今夜も吹き入る夜風に乗って室内に漂った。

「黒い米？」

柚子は尋ねる。男は頷《うなず》いて笊《ざる》に盛った漆黒の穀物を恭しく差し出した。

動きにつれて窓辺の果実の酸い薫りがフレグランスの芳香を圧して室内に流れ込む。

笊の中にはいつもの品物。売りに出せば間違いなく良い値で買われる穀物。

けれどももう商う訳にはいかなくなってしまった。

「これは、受け取れない」

柚子の拒否はすぐには理解されず、相手はいつもと同じように薄く開いた窓に向かって笊を掲げ持ち、ただ黙って受け取られるのを待っていた。

「要らない」

やはり通じない。

「戻れ」

そう言われて初めて男は顔を上げ、その表情に怪訝《けげん》を浮かび上がらせた。

「持って、戻れ」

拒絶を繰り返され、手振りで斥《しりぞ》けられて初めて、彫りの深い顔に不可解の色がにじ

んだ。

「かみさん……」

眉《まゆ》をひそめ、ぼそり、ぼそり、と何やら言っていた。その意味はわからない。もぞもぞと口の中だけで発する声が重た過ぎる。訛《なまり》も強過ぎる。同じ言語のはずなのに単語からして異なっているのだ。

削《そ》げたような鋭角の頰にくっきりとした二重瞼《ふたえまぶた》。もったいない、といつも思う。少し身ぎれいにして現世の街を歩けばきっと女性達が振り返るに違いない。

「かみさん、供えさせてけれ。拝ませてけれ」

男が跪《ひざまず》き、聞き慣れた言い様で懇願する。窪《くぼ》んだ眼窩《がんか》と細い鼻梁《びりよう》。くるりと上向いた濃い睫毛《まつげ》の中で黒い瞳《ひとみ》が崇《あが》めるように見つめている。

「ごめんなさい」そう言いかけてから、男に通じるように言いなおす。「すまない。戻れ」と。

男が笊を窓の中に押し入れようと試みるから手のひらで制する。

全ての商いを止めたわけではない。窓辺に来る者共との間柄を断つつもりもない。

ただ、黒い米はもう受け取れないのだ。

この穀物には良い値段がついていた。笊に一盛りもあれば数週間分もの収入に相当する価格で売れる。

数日前、黒米の買い手の縁者を名乗る者がメッセージ機能で連絡をして来た。この米は絶滅した植物だと。学術的にも非常に貴重なものだから栽培されているなら詳細を教えて欲しいと。

返信はしなかった。けれどもこれを売り続ければ面倒なことになるはずだ。

「かみさん、かみさん」男が縋《すが》りつくような声で聞いた。「もう黒米、供えられねのか？」

「ぐれぇごめ」としか聞こえない音が「黒米」だと知るまでにこの良い顔立ちをした男とずいぶんやり取りを重ねたと思う。商いを断つのは忍びない。男は大人しく、腰が低く、強欲なそぶりもないというのに。

「すまない」

柚子は頭を下げる。もちろん目は窓外の男から逸《そ》らしはしないけれど。

バレッタで束ねた髪の後れ毛がふわふわと顔の脇で揺れ、その隙間から今にも泣きそうな男の表情が見えた。

「かみさん、なんとか……」

差し出された笊を手のひらで押し返すと米が、ざらり、と地面に落ちた。

ぱらぱらと生えた草の根元に黒い米が散り、土の黒さに溶けるように見失われていった。

「かみさん……」

濡《ぬ》れた瞳が哀しげに見上げている。

「ごめんなさい。米は、要らないの」

首を振りながらゆっくりと告げると男の目に薄く涙が盛り上がり、慈悲を乞《こ》うように薄い唇がわなないた。

「かみさん、もう黒米は喰《く》わんのか？」

自分が喰うわけではない。けれども説明するのは難しい。

「喰わない」

「何なら喰う？」

訊《き》かれても答えがない。下手なことを言ったら、また絶滅した植物など持って来ないとも限らない。

小さく頭を振り、極小のペットボトルを男に差し出した。

手切れの品のつもりだった。

「もう、来るな」

「いや」男はしがみつくように窓枠を握る。「かみさん、来させでけれや。見捨てねでけれや。拝ませてけれや。かみさんの喰うもの、なんぼでも持って来るから」

「戻れ」

断ち切るように言い放って窓を閉じる。窓枠に縋りつく長い指と捨てられた子犬のような目がカーテンを引いても残像を結ぶ。

「かみさん、かみさん、来させでけれや。これからも、拝ませてけれや」

泣き咽《むせ》ぶような声で男が窓の外で唱え続けていた。

これまでに何人かをこうして切り捨てて来た。

供え物に全く値がつかなかったため取り引きを断った相手が一人。一見して誰も買いそうにない粗末な藁細工《わらざいく》を持って来た者が一人。新鮮とは言えない魚介や得体の知れない発酵食品を持って来て追い払われた者も何人かいる。

断られ、窓辺を追われると彼等は一様に泣くような、慈悲を乞うような目で見つめる。そして拝ませてくれ、供えさせてくれと閉じた窓の外で食い下がるのだ。

ひとつひとつに感情を揺らしていては勤まらない。

窓の向こうとの繋《つな》がりを断つようにクッションに身体を沈め、そっと耳を塞《ふさ》いだ。

カーテンを閉じると薄紅色のドライフラワーの人工的な薫りが濃厚になる。

こんな夜はテレビをつけてもいい。音楽を流してみてもいい。何か音を出して窓の外から漏れ聞こえる哀願をかき消してしまいたい。

今夜、古いスピーカーから流す音楽はボサノヴァ。物憂い弦楽器と知らない言語の歌声で窓の外の音も気配も記憶も上塗りしてしまうのだ。

かしら。

「あと一歩で大型案件が成約しそうなの」

「納品が終わったんだよ。今夜は飲むんだからね」

昔、女友達と交わした軽やかな会話が脳裏を過《よぎ》った。窓の外に揺れていた街路樹の照り返し。カップがソーサーに触れる響き。この生々しい記憶は何だろう。

よく待ち合わせをしていたカフェにも低くボサノヴァが流れていたのではなかったかしら。

ありきたりの独身の勤め人だった頃、いつも自分達の平凡さを嘆きながら笑いさざめいていた。

とりとめのないことばかり喋り、愚痴を言い合う、ごく普通の人間の日々。そこにも様々な不満があったような気がする。けれども少なくとも命を脅かされることなどなかったはずだ。

自分はいつ『普通』から取りこぼされてしまったのだろうか。

勤め先が業績を落とし、辞表を提出した時？　前の夫と早々に結婚を決めた時？　それともあの風の吹くベランダで脚立に乗ろうとした夫を、ただ黙って見ていた時だったのだろうか？

曲間の無音に窓の外からの涙声が響く。

普通という名の笊から振るい落とされ、自分は闇の隙間に堕《お》ちたのだと身に沁《し》みる

のがこんな瞬間だ。

今夜は風の音がない。室内に流れるのは物憂い歌声と微《かす》かに網戸を打つ響き。音楽のボリュームを上げる。遠い南国の調べが窓の外で嘆く男への手向け歌のようだ。

いずれ嘆願も止むことだろう。それまでキッチンでコーヒーを淹《い》れ、窓辺のテーブルに戻ってまたささやかな護身具を作ろう。

法も言葉もろくに通じない者共との商いは続く。

めそめそと一人の男との繋がりを惜しんでいるゆとりなどありはしないのだ。


ブルーの仕切りで区切られた一人分のブースには青白い蛍光灯。白いデスクの上にパソコンと電話とヘッドセット、そして裏紙のメモと自前の筆記用具が一揃い。

ふいに後ろから肩に手を置かれてびくり、と身を固くした。

反射的に左手で肩に触れた手を摑み、右手にマグカップを握って後方を睨《ね》め付けた。

「きゃっ」悲鳴にも似た小さな声。「柚子さん、ごめんなさい！　びっくりさせちゃった？」

手を摑まれたのはランチバッグを持った女性。その側にもう二人、飲み物と昼食を抱えた同僚が立っている。

自分が何をしようとしたのかわからなかった。

反物を持って来た女にしたように、この同僚の手も叩《たた》き潰《つぶ》そうとしたらしいことに気づいてぞっとしたのはさらに数秒が過ぎた後だった。

「今の柚子さん……ちょっと怖かったぁ」

「うん、うん、なんか迫力あったわよぉ」

怯《おび》えともおどけともつかない声。笑顔は明らかに引き攣《つ》っている。

彼女達の衣服はこぎれいなシャツやブラウスだ。唇には一様に淡い色が塗られ、手には乾いた土も青黒い染料もこびりついてはいない。

「あ、あの、すみません……」

手を離し、目を伏せて謝罪する。

反物を持って来たなよやかな女。あれに裏切られて以来、ちょっとした事で身を守る動作が繰り出されてしまう。

驚くようなことがあればとっさに目の前のものを握りしめる。意識するともなく身を躱《かわ》し、攻撃の体勢を取ってしまうのだ。

一度、命を脅かされると次に同じような目にあった時、竦《すく》み上がる者と反撃に出る者とに分かれると聞いたことがある。何が原因なのかはわからない。先天的なものなのか状況によるものなのか知りようもない。

わかるのはどうやら自分が後者に振り分けられたらしいことだけだ。

「柚子さん、お昼の時間だよ」

「呼んでも返事しないから肩を叩いちゃったの。ごめんなさいね」

今、自分がいるのは新しく勤め始めたバイト先。派遣会社の契約が終わり、週に数日のシフトでこのコールセンターに通うことにした。

「振り向いた時、凄《すご》みがあってびっくりしちゃった」

「そうそう、女勇者って言うか、アサシンって言うか、すごくかっこよかったわぁ」

オフホワイトのブラインドからこの季節にしては妙に涼しい風が吹き込んでいる。埃《ほこり》を被《かぶ》ったスラットが昼休みの間だけ開かれ、外の空気を取り込むのだ。

「すみません。ちょっと居眠りしちゃってたみたいで」

なるべく大人しそうに微笑みながら言い訳をする。

「あはは、食べる前からうとうとしてたらお昼休みの後は大変よ」

「そうですね。濃いコーヒーを飲んで凌《しの》がなきゃいけませんね」

午後からのシフトを希望して応募したけれど朝礼をするとの理由で朝からの出勤を義務づけられてしまった。前の勤務地より近いものの夜は窓辺で来訪者を待ち、週に数日とはいえ朝からのバス通勤は楽ではない。

今日は土曜日。平日は主婦がほとんどだけれど週末は訳ありの副業ワーカーが多い。

「柚子さんってミステリアスですよね」

そう言ったのは夜は居酒屋で働いているという三十代の独身女性だ。

「え？　私？　ミステリアス、ですか？」

唐突に言われてサンドウィッチを持った手を止めた。

座っているのは休憩室兼会議室のパイプ椅子。壁際のホワイトボードには午前中の会議の議題が書き残されたままだ。

「うん、大人しそうに見えて、時々目が鋭いの」

「あら、そんな言い方したらまるで刑事さんとかみたいじゃない？」

「うん、でもわかるわぁ。ただ者じゃない感じの時、あるよね」

「ただ者じゃない？」戸惑った声が出てしまう。「私、普通じゃない、ですか？」

そう見られては困る。普通から漏れ堕ち、夜な夜な異様なことをしているのだ。せめて平凡に見えて欲しい。裏稼業をする者と悟られないようにしていたい。

「柚子さんはすごい普通の淑《しと》やかな人ですよ」上品に微笑みながら長い睫毛の元ネイリストが言った。売れっ子だったのに胃潰瘍《いかいよう》でサロンを辞めてしまったのだと聞く。

「そうそう、真面目で静かな感じ」髪を団子に結い上げた若い女が喋る。彼女は普段は派遣社員、週末はここでバイトをしている。「時々、手練《てだれ》の者、みたいな雰囲気、出しますけどね」

細長いフォールディングテーブルの周囲に笑い声が上がった。

「手練、ってすごい表現ね」

「若いのにどこでそんな言い方、覚えたのよ」

「えーっ、手練って時代物でよく使いません？」

話題にされると居心地が悪い。

いたって平凡なつもりでいた。少なくとも見た目だけは。周囲にわかるほど違いがあるのは困る。

その昔、会社員だった頃は凡庸に見られたくない、個性を出したいと背伸びばかりしていたはずなのに。

「確かに柚子さんってたまに鋭い目をするよね。かっこいい」そう言った彼女は二人の子供を育てるシングルマザーだ。

「女剣客って感じ？」おどけた物言いをするこの女性は週六日の勤務をしながら夜は職業訓練校に通っているとか。

週末のバイト先は事情ありげな女性達が多いけれど昼休みともなれば間断なく笑い声が上がる。

彼女達もある意味『普通』から振り落とされた者達に違いない。それでもこの力強さ、明るさは、どこから生まれてくるのだろう。

「ねえ、剣客・柚子って呼んでいい？」かん高い声で聞くのは要介護の両親とくらす五十代の独身女性だ。

「え？」柚子は目を見開いた。「そんな、だめです……困ります」

またひとしきり笑い声が湧き上がる。

「こうしてるとすっごい大人しくて控え目な感じなのにね」

「女の顔はひとつじゃないんですよ」

「そうよ、女は変わるのよ。ねえ、柚子さん、結婚してないんでしょ？ つきあってる人はいるの？」

いきなり飛躍した質問に口の中のサラダを誤嚥《ごえん》しそうになる。

「そう言えば一人よね？ なんで結婚してないの？」

「あ、もしかして離婚経験者？ 土日はバツイチ組が多いもん」

良い人達だと思う。ふらりと入社して来た自分を受け入れようとしてくれる。ただ、この手の質問には答えあぐねてしまう。

結婚のことなど正直に答えようものなら、夫の死因だけではなく出会いやら保険金やら子供やら延々と終わらない質問が続くに違いない。

「いえ、私はあまり……その、結婚とか交際とかはちょっと……」

答えの少なさは闇の者達を相手にした時とまた性質が異なっている。

夜の窓辺では伝えるべきことが多いのに語彙《ごい》が足りな過ぎる。ここでは共通の言葉はふんだんにあっても語りたくないことばかりだ。

「隣の営業三課の山下さんはどう？　未婚で次男よ」

「ええっ、それは柚子さんに失礼ですよ。年齢差と体重差があり過ぎません？」

「社長の運転手さんが結婚したいって言ってたわ」

「お母さんが亡くなったから、家事をする嫁が欲しいだけでしょう？」

　このままでは社内の誰かとデートの段取りまで組まれかねない。

「いえ、あの、私は今のままでも……」

「そうですか？　私は一度は結婚してみたいけど柚子さんは違います？」元ネイリストの若い同僚が尋ねる。

「結婚しなくても若いうちにどんどん恋愛しなさいよ！」五十代の独身女性が笑いながらすすめる。

　話しかけられても、話題にされても、どこかしら地に足がつかない。気の良い人達の中にいるのに和めない。

　なのになぜ昼の仕事に固執するのかと自問する。答えは明白だ。闇の窓がいつ閉じてしまうかがわからないから。無職という肩書きになると何かと不便が生じるから。

　夜の窓辺は暗い。この場所もまた、昏《くら》い。

応じる言葉が重く、音が喉に詰まって上ずるのがわかる。

それでも自分の顔は微笑む。この場に違和感のない笑顔が形作られて、会話に応じて少しずつバリエーションを変えるのだ。

闇が恋しい、と今日も思う。

野蛮な者共が跋扈《ばっこ》する窓辺でも、接するごとに肌が馴染《なじ》むのはなぜだろう。

このまま現世より融和性が増し、異界に生きる場が移るのか。

「あらいやだ。もうじき昼休み、終わっちゃう！」唐突に若い声が会話を遮った。

「一日のうち一番ゆったりする時間が今なのにねえ」シングルマザーがぼやく。

「やだなあ、午後の時間って眠くて」居酒屋に勤める女性がため息をついた。

同意をこめた微笑みを顔に張り付けたまま席を立つ。

長い長い午後が始まる。そして、やがて夜になる。

あの窓辺を好いていいのか忌むべきなのか、まだ良くわからない。けれども心の中では闇の窓を恋う気持ちが今も蠢《うごめ》いているのだった。


「かみさん、かみさん……」

男の声が届く。聞き覚えた響き。やや高音の勝った口中にこもるような声色。

黒い米を捧《ささ》げていた男の声だ。

以前に取り引きを拒んだ相手。いつまでも、いつまでも、乞うように柚子を呼び続けていた者。あの端整な顔の者が今夜また窓辺に参りに来た。

「戻れ」

柚子は窓を閉じたまま言い放つ。

「かみさん、拝ませてや」

纏わりつくような震え声が厚いカーテンを通して伝わる。

「かみさん、かみさん、黒米ではねぇ」ぽすぽす、ぽすぽす、と網戸を弱く打ちながら、哀れな男が呼ばわる。「かみさんの喰えるもの、持って来た。なんとか顔見せて。儂《わし》に拝ませてや」

「何を持って来たの？」

応じてしまったのは子犬のような目を思い出したから。

「かみさん、開けてけれ。供えさせてけれ」

濃紺のカーテンに指をかけ、開けてもいいのだろうか、と自問する。

「かみさん、かみさん……顔だけでも、拝ませて……」

震える声音に心が揺れ、遮光カーテンを少しだけ引く。カーテンランナーがからからとレールを走り、仄暗《ほのぐら》い室内より一層に昏い外界が開いた。

「かみさん、ありがてえ、ありがてえ」

いつも以上に背を屈《かが》め、男は地面に丸まるようにして見上げていた。くるりと上向いた睫毛に縁取られた彫りのある目許《めもと》。すらりと細い鼻梁に引き結ばれた薄い唇。整った顔だちだけれど眼差しの卑屈さが造形の品位を霞《かす》ませている。

「何を持って来たの？」

再会にあえかな喜びを感じながら尋ねた。

男は瞳に安堵《あんど》と尊崇を浮かべ、大きな蕗《ふき》の葉にくるんだそれをそっと窓枠越しに差し入れた。

米よりははるかに重量も水気もある何かが、べしゃり、と湿った質感を漂わせてテーブルの上に置かれた。

「これは？」

「かみさん、これ、喰うな？」

張りを増した声が嬉《うれ》しげに尋ねた。

「喰う？」

漂い入る夜風には木の葉が気孔から吐く植物臭がたっぷりと含まれていた。針葉樹の匂い、植物や虫の息づく土の湿り気。窓辺の弱々しいフレグランス。それらに混じって、どろり、と臓物を思わせる臭気がたちのぼった。

鼻腔《びこう》に漂い込み、忌避感情をそそけ立たせる臭い。有機的で、そしてなま温い。

この臭いは何だったろう？

「肉……？」

蕗の葉に指をかけたまま聞いてみた。

違う。何かが違う。これは嗅《か》ぎ馴れた食肉のそれではない。

「かみさん、これ、喰うなや？」

男が澄んだ瞳で聞き返す。

この葉を開いてはいけない。けれども指が意思から切り離されたかのように、固いうぶ毛の生えた葉をめくっていた。

丸い蕗の葉の中にとろりと溜《た》まった血と乾きかけた粘液が露出し、森の薫香に濃密な血臭が混じる。

どす黒い血がこびりついたままの生白い肉。青黒く淀《よど》んだ皮膚の皺《しわ》。頭部に藻のようにへばりついた、薄く、まばらな毛髪。

蕗の葉に包まれたそれは、まだ産血も洗い流されていない、臍《へそ》の緒のついた赤ん坊だったのだ。

「こ、これは……」

言葉にならない喘《あえ》ぎが喉から漏れた。

まだ生きているのだろうか。もう息絶えているのだろうか。

皺めいた五体には乾きかけた血がひびのようにこびりつき、仄暗い窓辺では赤黒い塊にしか見えない。葉の上に溜まった血と粘液はすでに乾きかけ、排泄《はいせつ》された血穢《けつえ》の異臭を放っていた。

「かみさん、拝ませでけれ」

整った顔立ちの男がいつものように跪き、丸い背をさらに屈めて合掌する。

「米、麦、もっと採れるえに……」

「雪、早くに降らねえに……」

硬直する柚子の前でいつもとまるで同じ祈りが、ぼそぼそ、ぼそぼそ、と唱えられ始めた。

呪文《じゅもん》のような祈願は小さな祠《ほこら》の並ぶ樹間に流れ、さざ波にも似た針葉樹のぞよめきの中に溶けて行く。

葉陰に抜けて来る月明かりが、ゆらり、ゆらり、とあるかなしかの斑《まだら》を作り、男の髪をてらてらと怪しく照らし上げていた。

「かみさん、みっつ」ひとしきり祈りを終えた男が、いつものように交渉に入る。

「なあ、かみさん、これで、みっつ」

「これは……どこから……」

絞り上げるようにして声を発する。

産血にまみれた嬰児《えいじ》など見たことがなかった。

目の前のそれが生きているのか死んでいるのかすらわからなかった。

「かみさん、なんとか、みっつ。な、これは新しいもんだ」

淀みない目に崇拝を湛《たた》えた男がいつもと同じように憧憬《しょうけい》するように、畏《かしこ》まるようにして生肉の対価を求める。

「……戻して」

とっさに出た声がそれだった。

親の元に早く戻して欲しいと願っての言葉だった。

男は濃い睫毛に縁取られた目を見開いて不思議そうに首を傾げるだけだ。

「早く、早くお母さんのところに戻してあげないと……」言いかけてから言葉を変える。「戻せ。早く戻してやれ」

「かみさん、喰わねのか？」

瞳には怪訝が色濃く表れていた。くっきりとした二重まぶた。凜々《りり》しい造り。

そこに浮かぶのは主人に拒まれた下僕のような戸惑いだった。

「喰わない！　戻せ。早く！」

「かみさん、喰わねのか？　獣は喰うのに、これ喰わねのか？　山の衆の熊、喰うのに、儂が持って来た、この肉、喰わねのか？」

口の重たい男がこれまでになく言葉数多く問い詰めた。

「喰わない。戻せ」金切り声が深閑とした樹林に響き渡った。「すぐに戻して！」

「かみさん、黒米いかんし、これもいかん……何なら喰う？　何なら、壺《つぼ》、くれる？」

潤んだ目をわななかせて男が訊いた。

上向いた長い睫毛が橡《とち》の実にも似た丸い瞳に月光を翳《かげ》らせる。

「戻せ！　早く！」

全身の毛がぞわぞわと逆立ち、今さらながら波打つような嫌悪が皮膚を貫いた。

「戻してよ！　早く戻してあげて！」

「ああ……ああ……」男が嗚咽《おえつ》とも呻《うめ》きともつかない声を出して地に這《は》いつくばった。

「ごめんしてけれ、ごめんしてけれ。かみさん喰わねもんで、ごめんしてけれ」

「早く戻してあげてってば！」

自分の金切り声が喉を灼《や》く。

ふっくらとした産着にくるまれた新生児なら可愛らしいに違いない。桃色の丸い頬をした赤ん坊なら抱いてみたいと思うはず。

けれどもはみ出た腸のような臍の緒を垂らし、泣きもせず、動きもせず、血をこびりつけたまま葉の上に置かれた嬰児の、なんと禍々《まがまが》しく、恐ろしいことだろう。

「戻せ！　お願い、戻してあげて！」

叫び続けたのは親元に戻して欲しいという思いより、目の前からこの血まみれの肉を遠ざけて欲しかったためかも知れない。

剣幕に戦《おのの》いた男は地面に丸まって震え、詫《わ》び続けるばかりだった。

葉陰に月の光が、細く、細く、照り込んでいる。樹間から降り落ちる月光が、黒ずんだ嬰児の浮腫《むく》んだ瞼の上をちらちらと去来していた。

「かみさん、ごめんして。これは儂が戻す。怒らんで。祟《たた》らんでけれや」

「祟らない。祟らないから、早く連れて行って」

「祟らんでな。桑の郷みだぐ潰さんでけれや」

針葉樹林を抜ける涼風が吹き込むたび、乾いて行く血臭が部屋に流れ入る。

「お願い、戻してよ、早く……」

男がおずおずと手を伸ばして蕗の葉に触れる。

「かみさん……」窓枠の辺りで手を止めて男が訊いた。「手、やってもいいか？」

意味がわからずに沈黙を返す柚子。

「その中さ、手、やってもいいか？　手、入れても、潰さねえか？」

この男は、いや、この男も含めて闇の中から訪れる者共は決して窓より先に手を入れようとはしない。

中に手を入れてもいいのだと、それより早くこの嬰児を親元に連れ戻して欲しいのだと、手振りで促した。

「かみさん、怒らんでな。桑の郷みだぐ祟らんでな」

男は念押しして蕗の葉ごと嬰児を持ち上げた。

葉が閉じられようとする一瞬、赤児の手が、ひくり、と震えた。黒い穴のような口から、ぐぅ、と濁った音が漏れ、鼻と耳からたらたらと薄い粘液が溢《あふ》れて筋を引いた。

子を産んだことがある女ならこれを愛《いと》しがるのだろうか。

抱き上げて頰ずりし、血濁を纏った身体を洗ってやりたいと思うのだろうか。

ぽっかりと開かれた赤児の口のように月が丸い。

けれども嬰児の口腔はどす黒く、満月はひたすらに朧《おぼ》ろに白い。

「かみさん、堪忍してな。気に入らねえもん持って来て、堪忍してな」

男はくるくると器用に蕗の葉を丸め、無造作に地面に投げ出して頓首《とんしゅ》した。

葉包みが落とされた時の、ぐちゃり、と潰れるような音が耳に残る。地に捨てる仕草はまるで物でも投げるように粗雑で、そして、あまりにも自然な動きだった。

「儂の村、見捨てんでなや」男は地に這いつくばって涙声で訴える。「まだ、喰えるもの、見繕ってくるから。かみさん、拝みに来させてや」

「とにかく……早くその子を、戻せ……」

嗄《か》れた声で命じると男は無造作に丸めた葉を小脇に抱えて背を向けた。

樹間の小径《こみち》を歩き去ろうとする後ろ姿に尋ねる。

「お前達は……まさか……この子を喰うの？」

振り返った黒い瞳を電流のような怯えが貫いていた。

「滅相もねえ。喰わん、儂らは喰わん……」

「でも……私は、喰うの？」

「山の衆から、かみさんが肉を喰うと、獣の臓物を喰うと聞いた」

穏やかな間柄だと思っていた。稀《まれ》に悪心を起こす者がいてもおおむね穏便に事は進められていると考えていた。

けれどもこの者共の間で自分は赤児の肉を喜ぶ妖異の類《たぐ》いにされていたのか。

「戻せ、早く……」

「かみさん、機嫌なおして、なんとか、また拝ませて……」

小さな祠がいくつも立ち並ぶ針葉樹の林。頭上では葉の揺らぎが月光の筋をかき乱し、群祠を水底の廃都のように揺らめかせていた。

「なあ、頼む。また拝ませて、お供えさせてけれ」

くどいほどに食い下がる男を払うため、その場しのぎに頷いた。

木祠が小径の両脇に立ち並ぶ中、ひたり、ひたり、と藁編みの履物が乾いた土を踏

んで歩み去る。

あの子は、どこから連れて来られたのだろうか？

丸く背をかがめた後ろ姿を見るうち、初めてそこに思い至った。臍の緒がついたままの嬰児。もし攫《さら》われたのならば親元に戻されなどしないのだろう。

投げ捨てられて声も出さなかった赤ん坊がこれから健常に育つとも思えない。

子犬のような目をした従順な男。まるで物でも扱うように嬰児を蕗の葉に包み、ごみを放るように地面に投げ捨てていた。

あれは異界の者なのだ。どれほど大人しく、穏やかに見えても、産まれたばかりの赤児を喰い物として差し出すような者。どれほどに崇められ、拝まれても、自分は彼等にとっては人肉を喰らう妖魔《ようま》に過ぎないのだ。

ゆらゆらと葉陰に揺れる月光が並ぶ祠の黒屋根を彷徨《さまよ》い照らす。

なま温かい風が樹間を抜け、流れ込む空気がいつしか窓辺に淀んでいた血臭を吹き溶かしてゆくのだった。


「展覧会はいかがですか？」柚子は尋ねる。

「準備が大変みたいよ。今度、身内の者が来たら柚子さんにも紹介したいわ」千代が微笑んだ。

「新しい布は……今、織られているのですか？」

「もうすぐ新しいのができ上がるそうよ。その次の図案もあるんですって」

自分が売り流した反物のうちいくつが世に出ているのかは知らない。少なくともまだ底をついてはいないようだ。

青いフラットカーテンの外にはぎらつく夏の陽射し。古びたエアコンが低く唸《うな》りながら冷えた空気を排出している。

「一反織るのに、どれくらいの時間がかかるものなのでしょう？」

「ものによるけれど二ヶ月はかかるかしら。そんなに次々と作れるものじゃないから」

「時間をかけて作って、間を置いて、売るのですね」

「手作業ですもの」

今日、久々に千代を訪ねた。とは言ってもいきなり玄関でチャイムを鳴らしたわけではない。団地で出会ったところを話しかけ、誘われるままに上がり込んだ。

彼女が規則的な生活をしているのを知っている。数日に一度、開店直後のスーパーに行き、一時間ほどで帰ると聞いていた。だからその時間帯に歩き回れば、いつか会えるだろう、くらいに考えていたのだ。

「今日はインスタントじゃないのよ」

今回は濃く煮出した麦茶をすすめられた。透明な氷が鳴るグラスに口を当てるとと

ても微かな塩の風味が舌に触れる。

「夏場はお茶に隠し味に塩を落とすと飲みやすくなるの」

千代が微笑む。確かに暑い季節にはこの薄い味が心地よい。微量の塩分が発汗で失われたミネラルを補うのだろう。

「織り物と言えば天女様のお祭りって、秋、でしたっけ？」

「あら、覚えていてくれたの？　嬉しいわ」

胸許で奇妙にくねった指を組みながら千代が微笑んだ。年齢に似合わない少女めいた仕草だけれど不思議なほど違和感がない。

「九月か十月の満月の夜だったかしら。寂れた場所だから首塚の草むしりが大変」

「山姥《やまんば》になって、赤ちゃんを食べるって……そういうお話でしたよね」

蕗の葉に包まれた赤ん坊を思い出すと麦茶の薄い塩味が血の味に重なってしまう。

「柚子さんは記憶力がいいのねえ」

「いえ、そんなことは」

ソープを買い忘れれば記憶力に問題があると、宅配便を受け取り損ねれば早くも認知症ではないかと、夫に言われ続けていた頃から、まだ一年も過ぎていない。

「天女様が山姥になった、というのがとてもショッキングだったから」

「そうねえ。でも首塚に祀《まつ》られて織り物の神様になったからハッピーエンドよ」千代

は口元を手で覆ってころころと笑った。「昔の田舎の神様なんてそんなものじゃないかしら」

「あの……赤ちゃんを食べられてしまった親は、当然、天女様を恨みますよね。織り物の神様になったからって素直に信仰できたんでしょうか？」

「どんな赤ちゃんを食べたかにもよるんじゃないかしら？」

「え？　赤ちゃんに種類があったんですか？」

「知らない？　間引きって習慣」

「あ……聞いたことは、あります」

貧しさのため育てられない子は生まれてすぐに殺したと、そんな習わしを聞いたことがある。世界中の貧しい地域で長く行われていた酷《むご》い因習なのだと。

「大事に育てている子供を攫ったら恨まれるでしょうけど。間引きされる赤ちゃんを食べたんなら許されたかも知れないわねえ」

「山姥が赤ちゃんを食べても、黙認されると……？」

「私が小さい頃、お年寄りが言ってたものよ。『自分の兄弟は六人だけど二人は戻された』とかって」

「戻された？」

「育てられない時は生まれてすぐにあの世に戻したんですって。戻すって、間引きの

隠語よ。返す、とか、流す、とも言うとか」

あの時、自分は『戻せ』と、繰り返し叫んだのではなかったか。

男は『儂が戻す』と、嬰児を蕗の葉に包んで杉林の中を運び去ったはずだ。

「怖いお話よね。そうしないと生活できなかったんでしょう。殺す、とは言えないから、戻す、返す、っていう言い方をしてたんだと思うわ」

視界が、すぅ、と暗転する。

橡の実のような瞳とくるりと巻き上がった長い睫毛が目に浮かぶ。

従順に見えてもあれは異なる世界の男。日常的に新生児を殺し、その肉を喰えと自分に捧げる者。その目に映る自分は人肉を喰らう怪異に他ならないのだ。

「怖い話ですね」

干上がるようにかさつき始めた喉を濡らすためコップの中の麦茶を呷《あお》った。

「ひどい話よねえ。人の命が昔は今より、ずっとずっと軽かったのよ」

「ええ……そうだったのかも知れません……」

空になったコップをちゃぶ台の上に置く。指先がしんと冷えていた。

「お茶、もう一杯いかが？」

「いえ、もうじゅうぶんいただきました」

手先が少し震え、置いたはずのガラスコップを、ことり、と倒してしまった。

「あ、すみません」

「あら、大変。すぐに拭《ふ》くからいいのよ」

角の丸くなった氷がころころと転がり、氷を拾おうとする千代の指先から逃げるように、つるり、つるり、と畳の上を滑った。

「すみません。私が拾いますから」

「恥ずかしいわ。やっぱり私、こういう滑るものは上手に摑めないのよ」

千代の柔らかくくねるような指だけれども、その動きはぎこちなく、滑らかな氷をうまく握れない。

「千代さん、指が？」

「若い頃に怪我をしてね、ちょっと指が良くないのよ」

羞《は》じらうように手を隠す。その仕草と笑顔に見覚えがあるような気がした。

絵筆で描いたような切れ長の瞳。細い首からするりと腕に続く撫で肩。反物を捧げた、あの女にどこかしら似ている。

「千代さん、もしかして」柚子は問う。「以前は織り物をしていませんでした？」

目の前の女性はいくつなのだろう。そう言えば年齢など聞いてはいなかった。

「あら、わかるかしら」布巾《ふきん》で畳を拭きながらこちらを見る。「少しは私もやっていたのよ。でも、この指だから長い時間、杼《ひ》を使っていられなくなったの」

彼女が若い頃と言っても、裾の擦り切れた着物を着るほど古い時代のはずがない。

弓矢を操る男などもう残ってもいなかっただろう。

「ずいぶん上手に織る人だったんじゃないですか？」

「下手じゃなかったかも知れないわね」くすくすと思わせぶりに千代が笑う。「でもだめよ、指をこんなにされてしまったから」

「されてしまった？　誰に？」

「転んだの。私ってそそっかしいから。連れて行かれた医者が藪《やぶ》だったせいよ」

自分はあの女の手指を潰した。叩き壊した位置などよく覚えてはいない。けれどもそれが原因で指が不自由になることもあるはずだ。

「柚子さん、織り物に興味があるの？　良かったら織ってみたら？」

「私には無理です」いつになく固い拒絶を示してしまう。

「あら、どうして？　機織りの体験講座も考えているんですって。柚子さんならきっと綺麗《きれい》な布を織れると思うの」

だめだ。布を織るなどしたら恐怖が蘇《よみがえ》るだけだ。織り機の前に座ったら自分を狙う弓矢のぎらつきや網戸を掻《か》いていた女の泣き声を思い出すに違いない。

「ねえ、やってみるといいわ。紹介するわよ」

「いえ、結構です！」

強い口調に、気づけば目の前で千代が怯えた目で見つめていた。

「あ、すみません」もしかしたら今『剣客のような』と称される目をしていたのだろうか。「大きい声を出してしまって、ごめんなさい。私、恥ずかしいくらい不器用な上、センスもないし。それに、まるで根気がなくて、肩こりもひどいし……」

取り繕うような言い訳が空々しい。

「ごめんなさいね。無理にすすめちゃったみたいで」

「そんなことないです。本当に不器用なのがコンプレックスだから」

ぎこちない空気の中、古びた鳩時計が何事もなかったかのように、ぽぅ、ぽぅ、と時を告げた。

「あの、そろそろ失礼します」

「良かったらお昼を食べて行ってちょうだい」千代の声はそれでも前と変わらず穏やかだ。「実家から送られて来ためずらしい野生の果物もあるのよ」

「すみません。午後から出勤なんです。今度はもっとゆっくりお邪魔させてください」

「あら残念ねえ」

名残を惜しまれながら外に出ると黄金色の夏の陽光があふれていた。

強い陽射しの中、建物と白樺《しらかば》の影ばかりが黒々と広がっている。

『戻せ』と自分は言った。『戻す』とあの男は応じた。

意図しなかったとはいえはっきりと嬰児殺しを示唆したことになる。

夫も、あの赤ん坊も、そして反物の女とその家族もそうだ。もし自分と関わらなければごく平凡に生きていられたのではないかしら。

人並みの生活からこぼれただけではなく、無辜《むこ》の命を巻き込んで、ずるり、ずるり、と闇に堕ちて行く。そんな自分の生き様が浅ましいと思う。

金色の陽光を避けて日陰に入る。

そうね。日向《ひなた》は暑くて眩《まぶ》し過ぎるの。多分、昏い日陰の方が涼しくて、私には過ごしやすいの。

千代のいる棟から自分の住む棟まで、柚子は影を辿《たど》るように歩く。

気の早い蟬が鳴いていた。それは、穏やかだった遠い日々を悼む鎮魂曲のようにも聞こえるのだった。

差し出されたものを見て、柚子は窓辺で戦慄《せんりつ》した。

テーブルの上に置かれたものは使い込んだ小筵《こむしろ》の包み。その編み目からにじみ出る赤味のある粘液とその臭いに覚えがあった。

それは女が赤ん坊と共に排泄する血の臭気。

藁からにじむ濁汁が銀のサッシを濡らし、窓レールの溝に付着した。

窓の背後から巨大な小楢《こなら》が枝を広げて視界にかぶさり、細かな鋸葉《のこぎりば》が降り注ぐ月光を散らす。地面には丈の高い草が茂り、そより、そより、と微風に揺れていた。

「病の虫、来んように……皆、まめなように……大風、吹かんように……」

目の前の男は淡々と拝む。

多くの者共の望みと大差ない祈りがぶつぶつと唱え続けられていた。

「これは……？」

柚子は呻いた。

「香の木、良く生《お》がるように……開墾して良い田になるように……」

窓枠に丸い果実が六つ。桑の郷の女が供えていた実を色薄くしたような見るからに堅そうな樹果だった。

「これは、何？」

神もどきの問いなど耳にはいらない風情で男は念仏じみた祈りを流し続ける。その様には没我の気配すら漂っていた。

「病の虫が来んように……皆、まめなように……」

「やめて！」

「大風が来んように……」

「やめてと言っているでしょう！」

自分の口からヒステリックな声があがり、男が読経のような祈りを止めてぼんやりと見上げた。

「これは何？」

「かみさん、供え物だ。細工物はいらんと言った。だから喰えるもの、持って来た」

この細身の男は以前に木の細工物を持って来た。

白木と埋もれ木を組み立てて菱《ひし》やら市松やらの模様を表した小箱だった。古拙な味わいがあるから受け取ったけれど全く買い手がつかなかった。それでも三箱ほどは受け取っただろうか。いずれも売れなかったから取り引きを断り、窓辺から追いやったのだった。

「細工物はいらんと言われた。これなら喰えると」

帯で括《くく》らずに裾《すそ》を絡《から》げた厚手の和服。同じ色の股引《ももひき》。現世の作務衣《さむえ》に似ていなくもない。

「いらない」

断る強い声に男はひどく訝《いぶか》し気な顔をした。

真っすぐな睫毛の一重瞼。異界の者にはめずらしい短い髪。黒々とした前髪だけが長く額に垂れ、現代でも通じる髪型に思えなくもない。

「かみさん、供えさせんのか？　もらってくれんのか？」

哀しげに震える声が聞いた。するりと目尻《めじり》の上がった切れ長の目に悲嘆が宿り、紅茶の色に似た瞳がふるふると淀んだ。

「な、かみさん、開けて中も見てくれんのか？」

見るまでもない。いや、見たくない。この禍々《まがまが》しい臭いだけで中味は知れる。

「な、な、かみさん、開けて見てくれ。見れば、喰えると知れる」

男は手を伸ばす。ここに来る者達に共通の焼けた肌。それでも若干、華奢《きやしや》に見えるのは農作業より木細工を多くしているためだろうか。

浅黒い指が黒ずんだ小筵の端を摘《つま》み、ざくり、と開いた。

知っている。見るまでもない。中に包まれたものが何かは、わかっている。

立ちこめる草木の匂いと微かなドライフラワーの芳《かお》り。血臭が濃密に混じり込んで鼻腔を冒して行く。

開かれた小筵に包まれていたのは、ぬめる腹から臍の緒を垂らしたままの嬰児が二体。

まるで握って固められたように丸まっていた。黒米の男が持って来た赤児より遥《はる》かに小振りだ。産血にまみれた二体は嬰児と言うより早産の胎児と呼ぶ方が相応《ふさわ》しい。

目をそむけて口元を押さえた。

吐き気が喉元からせりあがって来る。

「かみさん、これは柔っこいから喰うな？　なあ、壷よっつくらいに、なるな？」

細身の男は薄茶色の瞳に哀願の色を浮かべ眺め上げる。その目つきは交渉する者のそれというよりは、まるで愛を乞う男のもののようだった。

こんな目を見たことがあった、と脳裏を場違いな回想が過った。

その昔、愛している、と言って見つめた男が確かにこんな眼差しを向けていた。それはごく若い頃から何度か見せられて来た表情だ。

あの夫も交際と結婚を申し込む時はこんな哀願と不安を込めた、自信のなさそうな目で見つめていたのではなかったかしら。

「かみさん、供えさせてな。よっつの値、あるな？」

「戻せ」と言いかけて言葉を飲み込んだ。「受け取らない。親のところに、連れて、帰れ」

「かみさん、かみさん、殺生を言わんで……」

「親元に、連れて帰れ。親に、育てさせなさい」

臍の緒も千切られず、藁に包まれて泣きもしない胎児。親元に戻されたとしても、これらは生きられるのだろうか。

「かみさん、かみさん……なんで、なんで、己《おれ》を、そう嫌う？」

「え……？」

あまりにも突飛な質問に困惑する。

窓辺で一体の胎児の赤黒い口元が震えたようにも見えた。

「かみさん、己のどこが、そう嫌われる？　なんで己だけ、追い払う？」

「……？」

「細工物も供えさせせん。拝ませもせん。肉も、己のはもらわん。なんで己だけ、そう嫌う？」

涼しげな目許に涙がにじみ、薄い唇が切なげにわななないている。

「嫌ってるんじゃなくて……」

言いかけたけれど説明が続かない。嫌っているわけではないのだと、お前の細工物は現世で売れないのだと、そう言い聞かせても理解はされないだろう。

「山の衆の獣の臓物は喰う。六ツ小屋の者も肉、供えた。かみさん、なんで己の供え物は、どれもこれも拒む？」

「六ツ小屋の者には戻した」いや、違う。この言い方はまずい。「六ツ小屋の供え物は、もらっていない」

「六ツ小屋では供えた。かみさん、肉、喰うと聞いた」

「六ツ小屋の子は取っていない……」

「戻される子を、六ツ小屋の者はかみさんに供えた。かみさん、それを喰ったはず」

ああ、と心の中で嘆息する。

自分は「戻せ」と言った。だから、多分、嬰児はあの世に戻された。少なくとも、親元に戻されたのではないのだろう。

「受け取っては、いない……」

「おお……」

男が目を閉じて呻く。

「これも受け取らない。ちゃんと親に育てさせて」

「かみさん、無茶、言わんで」

「子供は、親のところで……」

「親が育てられんから」男が切れ長の双眸《そうぼう》に哀願を込めて訴える。「育てられんから、かみさんに持って来た。育てられん子を、まんま戻すより、かみさんに喰わせるのが親のためで……今さら親など……だから代わりの壺を。でないと親共も税が上げられんで飢えてしまう」

「受け取らない」

「殺生な。持って戻れん。己はいつもかみさんに追い返されて……」

男はきつく目を閉じ、合掌した手を握りしめて震わせた。長い睫毛が涙袋の上に被さり、眉間《みけん》に寄せられた縦皺が揺れる。

「親のところに、連れて帰って」

憐《あわ》れんでも、同情しても、してやれることはなにもない。

青草を揺らす秋風が窓内に吹き込むと、そこに血が固まる時の穢臭《えしゅう》が濃く混じった。

「早く、連れて帰ってよ！」

目を閉じて合掌しながら踞《うずくま》るばかりの男。畏《おそ》れかしこまって動かないのか。それとも交渉が成立するまで立ち去らない覚悟なのか。

「早く、連れて帰れ！」

声が徐々に高くなるのがわかる。

呼応するかのように大ぶりな方の嬰児の指が、ひくり、ひくり、とほんの微かに蠢いた。

「親の所に連れて行かないなら……」言っていいのだろうか。少し、躊躇《ためら》う。「親の所に連れて帰らないなら……私は、お前を、祟る」

「ひっ」息を呑《の》むような声が上がる。「かみさん……己を祟る？」

「すぐに親のところに連れて行って育てさせれば、祟らない」

男は弾《はじ》かれたように立ち上がり、屈みながら窓辺の小筵に手を伸ばした。

「手、入れてもいいか？」

薄い瞼を震わせ、男はおずおずと尋ねる。

「中に、手、入れても、潰されん？　祟らん？」

「祟る？」

「手、入れても祟らん？　桑の郷の家みたいに祟らん？」

「祟る？　桑の郷？」

黒米の男も言っていた。桑の郷のように祟らないか、と。

「桑の郷の家、どうなったの？」

「かみさん、覚えてないか？　祟られて、家が丸々潰れた桑の郷の……」

「何があったの？」

男は素早く黒ずんだ小筵から手を離す。

話すことで交渉の糸口を摑もうとする、わずかの期待が薄茶の瞳に宿っていた。

「桑の郷のあれは、かみさんも知ってる反物の家で」男は訥々《とつとつ》と、それでいてあからさまな心当てを含ませながら語り始めた。「かみさんから丸薬、取って、祟られて。男は皆、蓑踊《みのおど》りで、女子衆《おなごしゆう》は手込めに」

語る内容がわかりにくいのは相変わらずだ。知らない単語もあれば聞き取れない音も多過ぎる。

身振り手振りを交えさせ、何度も聞き返し、たびたび言いなおさせて、長い時間を

かけた挙げ句、やっとなりゆきを理解した。

あの後、反物を織る女の家の者達は皆、捕縛された。

怪しげな丸薬を売り込んで暗殺を企てたというのがその罪状だった。

小さな在郷にも有力者同士の争いは古くから存在し、密《ひそ》やかな毒殺やら謀略やらが連綿と行われていたのだ。

男達は縄をかけられて引き立てられ、責め苦を受けて首謀者の名を吐かされた。

「森のかみさん」を繰り返しても獄吏が聞き入れることはなく、対抗する山向こうの分限者の名を口にするまで、延々と腱《けん》を切って骨を砕き、生皮を剝《は》ぐ拷問が加えられ続けたと言う。

吐いた後、男達は里の者達が集められた刑場に引き出された。

「それでもわざと足腰だけは無事に残されて」と細工物の男は淡々と語った。「なもんだから、蓑踊りの時は、えらく走り回ったと聞くが」

「踊り?」解放された後、踊るほどには回復したのか、と安堵の微笑みを浮かべる。

「踊るくらいなら、良かった……」

抑揚もなく語っていた男の目にあからさまな恐怖が湛えられ、膝《ひざ》の上に置いた手ががくがくと傍目《はため》にわかるほど戦慄《わなな》いた。

「かみさん……なんと酷いことを……」

「だって踊れるようなら、良かった……」言いかけて、見つめる男の発する空気の異様さに感づいた。「踊ったと言っても、無事ではないの……？」

「ああ、かみさん、かみさん……桑の郷の男衆は、蓑を着せられて、火を点《つ》けられて、踊った」

「え？」

「蓑を着せられて、火を点けられて……」

いつも以上に重たい言葉運びで教えられた。

彼等は自ら進んで踊ったわけではないことを。

責め苦の中で腱を切られ、目も歯も壊された男達は刑場に引きずり出され、油を浸み込ませた藁の蓑を着せられた。そして人々の見守る中、火を放たれたのだ。

足腰だけ折られなかったのは派手に踊らせるための常套《じょうとう》手段だ。燃え上がる炎を纏いながら彼等は喉が裂けるような断末魔の咆哮《ほうこう》を上げ、無傷に保たれた脚で刑場を転がりながら駆け回った。そして最期は地に這いずるように悶《もだ》え狂い、ぶすぶすと焼け焦げて死んで行ったと言う。

女達もその場に引き据えられ、集められた村人の眼前で荒くれ者達に繰り返し、繰り返し犯された。

「織り物の達者な嬶《かか》も、娘共や小《ち》っこい息子も嬲《なぶ》られた」男はまるで噂話でもするよ

うにぼそぼそとその有様を語った。「裸に剥《む》かれて手を杭《くい》に縛られてな……」

輪姦《りんかん》が果てなく繰り返され、はじめは怯え喚《わめ》いていた女達もすぐに静かになった。

陵辱が続くうち、泣きも、痛がりもしなくなり、ただ魂の抜けた人形のように野に
横たわるだけになっていたと言う。

「使い物にならなくなった女共を、生きたまま鳥が突いて……」

男が語る前で胎児の皮膚が夜風に乾かされて行った。

「家も土地も取られ、家の品は根こそぎ奪われて、末の童子《わらし》だけどこかに持って行かれたとか」

嬲り尽くされた女達は刑場にうち捨てられて、泣き濡れた顔面にも嚙《か》み跡が膿《う》む乳にも壊れた陰部にも黒く蟻がたかっていたと言う。その後、どこぞの流れ者が拾って行ったとも、縛られたまま鳥や野犬に喰われたとも伝えられているそうだ。

「誰も……助けなかったの？」

憐れみを乞われながら手を差しのべなかったのは自分も同じと思い知りながら。

「とんでもない！」男は激しく頭を振った。「助けたりしたら、その者も引っ立てられる。情けをかけたり、目を逸らしたりしただけで繫がれる。あとは晒《さら》されて鋸《のこぎり》で胴を引かれるか、蓑を着せられるか……」

泣きながら爪で網戸をかいていた女の声が蘇る。

「かみさん、御免してけれ……」

「祟りを解いてけれ……」

精緻《せいち》な布を織り、自分を崇めていた女。この部屋の物を見て意匠をこしらえていった女。そして、現世で伝統工芸品と讃《たた》えられた布の織り手。

あの時、自分に何かできることがあったのだろうか。

そもそも最初から関わりさえしなければ凄惨《せいさん》な結末に至りすらしなかったのだろうに。

「なあ、かみさん、己は祟らんな？」

眼前に跪いた男が造りだけは涼やかな目で見上げて哀願する。

幾許《いくばく》かの見返りを求め乞うような、しんねりと含みのある声音だった。

「なあ、かみさん、祟らんでな。何かかみさんの喜ぶもの、見繕う。頼む。己がまた来たら拝ませてな」

細く整った顔立ちの男があるかなしかの媚《こ》びを含めてそう言い結んだ。

「祟らない」

そう答えるしかなかった。いや、そもそも祟る力などない。神もどきにされて祀られているとは言え、祟る力も、祈りを叶《かな》える力もありはしないのだ。

「祟らないから、この子達を親に育てさせて。二度と、二度と、人間の子供は持って

来ないで」

「かみさん、親のところでも、これは育たん。あの世に戻されるもんだ」

「……持って、帰れ。人の子は供えないで」

小筵を押し返すと中にある肉の、ぶより、と湿った質感が指に伝わった。

「持ち去って。早く、親のところに……」

「持ち帰っても、川に流すだけだ」

「ここに置いて行くなら……祟る……」

男が竦み上がる。祟りという言い草に闇の者共はどれも過敏なほどに怯えるのだ。慌てふためいて小筵が引かれると、ぺしゃり、と潰れるような音を立ててそれらが地面に落下した。包まれた子をいたわる風情をかけらも見せず、ぐしゃぐしゃと丸めて男は背を向けて窓辺から走り去った。

あんな握るような持ち方をしたら中の嬰児はどうなってしまうのだろう。いずれにしても長らえることのできない命達だ。救うことも育てることもできはしない。

延々と続けられて来た子殺しの習わしを自分が止められるわけなどない。

それでも何かできないのだろうか、と考える。そして、現世で人並みに生きることさえままならない身の上に思い至って自嘲《じちょう》する。

閉じた窓の内側のレールにどす黒く固まりかけた血粘液が残されていた。

微かな芳香剤の薫りを圧してどろつく穢臭が嗅覚《きゅうかく》を満たす。

窓枠に鼻を近づけた。この凄惨な臭気をなぜ鼻孔に取り込もうとするのか、自分自身にもわからなかった。

木のテーブルに腹這いにかがみ込み、枠にこびりついた血臭を嗅ぐ。むごたらしく、おぞましい臭い。けれども、それはどこかしら懐かしさを誘う穢《けが》らわしさだった。

自分は赤ん坊を喰らうようになるのかしら?

小指で掬《すく》い、ぬらり、と粘る粘液を嗅いでみる。

おぞましい。禍々しい。けれども自分もこれに塗れて生まれ落ちたのだ。

だから、もしかしたら受け入れられるのかも知れない。

嗅ぐことができたのだから、舐めることができるかも知れない。

もしかしたら、いずれは喰えるようになるかも知れない。

その時、自分は本当の山姥になる。

やがて現世での営みを終えてしまうのだろうか。闇の窓辺での忌まわしい商いだけが生業《なりわい》になるのだろうか。

窓の外が静けさに満ちている。今夜は風の音がない。この静寂の中、自分は異形の者へと堕ちて行く。心も食も、ゆるゆると闇の夜へと移ろって行く。

明日がどうなるかは知らない。けれども今はただ、ここに座っているしかないのだと小指に付着した血粘液を嗅ぎながら考えた。

乾いて行く濁液の臭いが室内に満ち、気がついたらテーブル上の小さな芳香剤を、ぽとり、とごみ箱に投げ入れていた。


早い時間だというのにもう蟬が鳴いている。

そそり立つ団地群に隠れていた太陽が、山稜《さんりょう》を明け初める朝陽のように空を茜色《あかねいろ》に染めていた。

見渡しても樹木といえばひからびたような白樺ばかり。

この乏しい自然の中でこの昆虫はどうやって育ち、どうやって樹液を啜《すす》っているのだろうか。ひびが模様のように走る団地の壁にも蟬達はへばりつき、時折、窓にぶつかってはベランダや通路に死骸《しがい》を晒している。

東から炙《あぶ》り始める陽射しの中を職場に向かう時、最寄《もよ》りのバス停でその人の姿を認めたのだった。

ぽってりと丸い頰。土偶を思わせるずっしりとした体形。栗色のショートボブは生え際にみっしりと白さを際立たせ、たらり、たらり、と首筋から滴る汗がベージュのシャツの襟ぐりを茶色く変えていた。

「見つけたわよ」彼女は、唇に紅をにじませてそう言った。「性悪で人殺しの嫁がどこに逃げても、あたしが追いかけてやる」

充血した白目。眉間には刻印された溝のような皺。髪に艶がなく、毛先が全く揃っていないのはお互い様だろうか。

「お義母《かあ》さん……」

この女性と出会うのは何ヶ月ぶりだろう。

何度も転居をくり返し実家の家族以外、誰にも住所を教えずこの団地に住んだ。自分のもとを訪れるのは夜の窓を叩く者共ばかり。もしかしたら義母はもう来ないのではないかと、わずかばかりの期待を持っていた。

「どうしてここが……？」

「捜そうと思えばいくらでも捜せるものよ」その口調は、まだ静かだ。「頼めばね、いくらでも調べてくれる業者があるのよ。まんまと逃げおおせたつもりだったんでしょうけどね」

「逃げるなんて……」

「逃げたくせに、この殺人鬼が」

逃げたと言われれば逃げたのかも知れない。

対峙《たいじ》しても罵《ののし》られるばかりだから、身を隠すしかなかったのだけれど。

「ふん、落ちぶれたもんね」かつて法の上で母だった女性が言った。「なんて貧乏臭い場所。まともな職にもついていないんですって？　それでも他の男に色目を使って、いずれどっかの主婦に収まるつもりなんでしょう？」

憎悪で焼き尽くすかのように睨め回されている。

蟬がごうごうと、波動のような鳴き声を響かせていた。わずかの間に朝陽が業火のように熱さを増したように感じられる。

「もう次の男は見つかったの？　そんな地味ぶったかっこうをしても、身体の線は丸見えにして、いやらしいわねえ」

身につけているのはストレートのデニムに腰まで隠れるロングシャツ。どこにどう身体の線が見えているのかがわからない。

「お義母さん、もう、解放してください」

いつものように声は口の中で掠《かす》れて消え、目の前の女の耳にはとうてい届きそうになかった。

「息子を殺したくせに。殺人鬼のくせに。大人しそうな顔をして誑《たぶら》かしたのよねえ。結婚してお金がもらえそうになったから突き落として、ぐしゃぐしゃに潰して殺したのよねえ」

いつもそうだった。義母は行く先々で待っている。

最初は低い声でせせら笑い、誹謗《ひぼう》し、やがて激昂《げっこう》を募らせていくのだ。

「柚子はね、僕が何をプレゼントしてあげてもろくに喜ばないんだよ」

夫が丸々とした顔に和やかな笑いを浮かべ、細い目をさらに細めながら言ったことがある。

「あたしの夫は贈り物をくれるなんて、まずなかったのにねえ」ゴブラン織りのソファに座った義母が穏やかに微笑みながら応じた。「今時の女は趣味に合わないものだと絶対、喜ばないって教えてたでしょ。気持ちに感謝するのを知らないの。そういう世代だから仕方ないんだってば」

それは結婚三ヶ月記念とやらでごてごてとした外国の絵本をプレゼントされた時のことだった。

「絵が濃くてかわいくない」などと正直には告げられなかった。「ありがとう」と言ったけれど、目が笑っていなかったと、気に食わなさが表情に出ていたと、繰り返された。

「大切な息子を精神的に追いつめて殺したくせに。他にも何人も殺して来たのよね。初婚だって言ってたけど、どれだけの男を誑かして来たかわかりゃあしないわ」

まだ声は静かだ。知っている。そのうち突然に声が激し、周囲に響き渡る絶叫で罵《ば》倒《とう》されるのだ。

「あの子だって、もっと大人しいお嬢さんを選んでいれば良かったのよ。前にお見合いをした子は、もっと素直で美人だったわ！　あんたよりずっと若くて、すぐにあたしの孫を産めそうで、優しそうで！　どうしてお話がまとまらなかったのよ！　あのお嬢さんに見る目がなかったのが残念だわ！」

血走った目から火花が飛ぶようだと、いつも思う。この声がさらに突き刺さるような金切り声になって行くはずだ。

バッグの中味をまき散らして摑みかかってきたこともある。飲みかけのミルクティーのボトルを握って顔を殴ろうとしたこともある。

ありがたいのは、この団地には人通りがひどく乏しいこと。少々の声を出されても通りすがりの人が立ち止まる心配だけはなさそうだ。

「何度でもここに来てやる。近所の人達に注意してやるんだ。息子がいたら気をつけろって。性悪の女に喰いむしられて、殺されないようにしろって！」

今は暑い季節だ。どの家も窓を閉め切り、エアコンの室外機が密やかに熱を吐き出している。在宅の人々に声が届かないことをただ祈る。

「根性の腐った屑女《くずおんな》！　あたしの大事なかわいい、かわいい息子から、きらきらした笑顔を奪ったくせに」

いつものことだ。もういい加減、慣れて来たような気すらする。

口角に細かい泡が浮くのも、ちりめん状のこめかみにねばついた汗が浮き上がって塗り込められたファンデーションを流してゆくのも、いつもと同じ。その様が恐ろしいと思っていた。けれどもなぜか以前のようには怯《ひる》まない。

「その普通じみたところが一番、男を油断させるって知ってるのよね？　その平凡そうな面でこの先も何人も男を喰って喰って喰いまくるんだろう！」

『普通』。その言い様が心を刺した。

『喰う』という表現が意識を裂いた。

「どこに行っても追いかけてやる。どこにも住めないようにしてやる。善良な男が喰われる前に全部、先回りして知らせてやるんだ！」

「そうして、ください……」

その言葉がどうして漏れたのかがわからなかった。

『普通』と言われて触発されたのだろうか。

『喰う』という響きに誘引されたのだろうか。

「私が誰かを喰うと言うのならそれを止めてください」

目の前にいるのは青黒い皮膚の女。この人はいつも濃いアイラインで目許を太く縁取っていたのではなかったかしら。アイシャドウやアイブローも欠かすことなどなかったはずなのに。

「すみませんでした」

巨大な人のように思えていたけれど彼女の瞳は自分の目よりずいぶんと下にある。

「良い夫婦生活ではありませんでした。悲しませたことをお詫びします」

この母親を不幸にしたのは自分。夫だった人を死なせたのも自分。

けれども、と考える。あの日のベランダで脚立に乗ろうとした夫に忠告しても聞き入れられる可能性は極めて低かったのではないだろうか、と。

地を焼く陽光の中、義母が微かに口を緩ませたまま黙り込んでいた。

光の陰になり、ぽっかりと開いた義母の口が黒い穴に見える。それは窓辺に捧げられた嬰児達の口腔と同じ質感に感じられた。

「私が人を殺して喰うのなら、お願いですから止めてください」

義母の膝が折れ、へたへたとバス停のベンチに座り込んだ。

紅のにじんだ唇が何か言いたげに震え、指輪の食い込んだ指が白くなるほどベンチの背を握りしめている。

「すみませんが今日はもう、失礼します。暑いのでどうかお気をつけて。駅へのバスは三分後に……この時間帯ですから五分以上遅れることもないはずです」

一礼をして背を向けた。

これほど多くの言葉を義母に向かって発したのも、彼女の目を見て話したのも、あ

の事故以来、初めてかも知れない。罵られれば逃げ、出会えば怯え、誹《そし》られれば目を逸らして頭を垂れるだけだったのだから。

「あ、あんたは……」かん高い声が背中に投げかけられた。「あんたは息子に取り入って、喰い潰して、ぐしゃぐしゃにして、殺した」

焼けたベンチの上に座り込んだ義母。それが嘆きなのか、誹りなのかもわからない。

「いつまでこんなことを繰り返すのよ！　男を喰って生きていこうとしたって、そのうち歳を取って、落ちぶれて、化け物みたいな婆《ばば》あになるんだ。山姥みたいな年寄りになって、老いさらばえて、嫌われて、死ぬのよ！」

山姥になる。その一言が身に沁みた。

口元に自分への憫笑《びんしょう》が浮かぶ。

彼女の言うことに、きっと狂いはない。

自分はやがて山姥に堕ちる。

部屋まで追いかけて来るなら来ればいい。職場まで踏み込むのならそれでもかまわない。往来で待ち伏せるなら、それも受け入れよう。

またきっと仕事に行き辛《づら》くなるのだろう。

そして、職などなくてもあの窓があれば生きて行けるのだから、と考える。

穀類を持って来る者がいる。果実を置く習慣もある。言えば野菜やら食器やら衣類

やらも供えてくれるのではないだろうか。

そこまで考えてまた、嗤《わら》う。

肉を持って来る者までいるではないか。

えり好みさえしなければ、喰うことには少しも困らないはずなのだ。

「開きなおってもあんたは淫売《いんばい》だ！　これからも男を喰うんだろう！」

誹りに誘引されるように顔に嗤いを浮かべ、ゆっくりと振り返って義母を見た。

そうね、喰うには本当に困らないかも知れないのよ。おぞましい肉を供える者共が来るんだから。欲しいと言えば、あれ等はいくらでも肉を持って来るわ。きれいに洗って、火を通せば食べられるはずよ。

笑顔から溢れた歯に夏の陽の灼けるような熱を感じた。

こちらを見ていた義母が、ひぃ、と声を漏らして錆《さ》びたベンチに縋りつく。

「あんたは化け物……妖怪だ……」

浮腫んだ顔が見たこともないほど大きく歪《ゆが》んでいた。

陽炎《かげろう》が揺らめき始めたアスファルト。朽ちかけたベンチに丸く広がる義母の濃緑のスカート。肌色のストッキングがやけにつやつやとして見えるのは汗を吸ったせいだろうか。

お義母さん、また来るの？　来てもいいのよ。だって、あなたは弓矢で狩ろうとは

しないでしょう？　気味の悪い人肉を窓から差し入れたりもしないでしょう？　だから気にしないの。怒り、悲しんでいるなら、そのたびに謝るわ。だって、あのことを夫に教えなかったのは私なんだもの。

教えなかったのは自分。そのことは誰も知らない。黙っていれば誰にも知れない。罵られるのなら受け止めよう。

職を失ったらあの部屋で喰い物を供えられながら生き永らえればいい。

熱気でゆらめく暑気の中をゆっくりと歩き出す。

義母が追いすがって罵る気配はなく、瀑布《ばくふ》にも似た蟬の声が乾いた団地街を押し流すように響き続けていた。

窓の外には卵黄色の月。

満月ほどには円くない。中には朽葉色の兎がくっきりと見て取れる。

さわさわ、さわさわ、と野の草が夜風に揺れて、狗尾草《えのころぐさ》の穂から細かい種がほろほろと流れ散った。

「かみさん、干した魚と湯で濾《こ》して飲む草、供えさせてくれ」

窓の外に佇《たたず》んだ男が言う。

窓辺に並ぶ果実は小粒な早採り蜜柑《みかん》のように見える。

枯れかけた草葉の匂いに混じって流れ入るのはきつい柑橘《かんきつ》の香り。

「病の虫、来んように……皆、まめなように……大風、吹かんように……」

詠唱のような祈りが背の高い草葉のぞよめきに絡む。

平笊の上には川魚。開いて干された白身は肉厚だ。これならずいぶんと日持ちがすることだろう。

桝《ます》の中には干して揉《も》まれた草。これは茶葉だろうか、それとも香辛料だろうか。試しに売ってみてもいいかも知れない。自分で少し使ってみるのもおもしろい。

「香の木、良く生えるように……開墾して良い田になるように……」

腰高窓のすぐ下で背の低い雑草が波打つ様は雲海のようだといつも思う。

「病の虫、来んように……皆、まめなように……大風、吹かんように……」

拝み続けるのは以前、細工物を持って来た男だ。

今夜も作務衣に似た汗染みた作業着だけを身につけている。

祈る足元に置かれているのは数本のボトル。茶葉なら一度、売ってみてもいいかも知れないと受け取った。なぜ自分を嫌うのかとまた嘆かれても厄介と思ったせいもある。

「いつまでも、己がかみさんのきれいな顔、見れるように……ずっと、かみさん、拝ませてもらえるように……」

色合いの違った文言が唱えられ、ふと柚子は耳をそばだてた。

「己が、かみさんに嫌われんように……かみさんの尊い顔、見せてもらえるように……」

むしろ独白に近い。祈りというよりは、囁《ささや》きかけに相応しい。

見下ろすと男の真っすぐな黒髪の一本一本が淡い月光に照らし上げられていた。その頭部の艶《つや》めきはまるで地に浮いた黒い月に見えなくもない。

「かみさん、また来てもいいか？　己を嫌わんか？」

「いいわよ。また、良い物を持って来てね」

問いかけに応じて微笑みかける。

背を丸めたままの男が見上げてはにかむように笑うと薄い色の瞳に長い前髪が、ぱらり、ぱらり、とこぼれた。ここの者共は誰もが丸い、丸い猫背をしている。若くても腰を曲げることに慣れ切っているからだ。

「もっと背を伸ばして」

命じてみたけれども相手には通じない。

だから自分が背筋を伸ばして見せる。

「こうして。もう少ししゃんとして」

男が躊躇いがちに顎《あご》を引き、おずおずと背を伸ばすと切り揃えられたことなどない

だろう髪が頰に垂れて肩に落ちる。

窓の外に手を伸ばして触れてみると、しっとりと皮脂が馴染んだこぼれ髪の向こうに皮膚と肉の温《ぬく》みが感じられた。

従順な男。品物を供えてくれる者。見た目も決して悪くない。この先も、言えば望みのものを持って来てくれることだろう。

この男だけではない。自分の欲しがるものを告げれば供えてくれる者が、他にもいる。

貢ぎ物を待つばかりでは能がない。要るものは求めてみればいい。良いものを持って来たら、うんと褒めれば喜ばれるはずだ。

明日の仕事はどうしよう。休んでしまおうかしら。いいえ、それはだめ。何があるかわからないの。だから現世の仕事も繫ぎ止めておかなきゃいけないわ。

男の前髪を指に巻き付けて弄《いじ》ると熱を帯びた声が訴える。

「光の中のかみさん、己を嫌わんでくれ。かみさんの喰うもの、なるたけ持って来る。言えば、己が探して来る」

細面の顔。窓向こうの者にしては華奢な指。今夜も切れ長の瞳が、ひどく切なげに自分を仰ぎ見る。

「嫌わないわよ。素直にしていれば、いつでも顔を見せてあげる」

男は髪の毛を指に預けたまま、また聞き取りにくい詠歌のような祈りを唱え始めた。

「逆らわなければね、決して祟りなんかしないわよ。ずっと皆を大切にするの」

祟り、と言った時だけ男が、ひくり、と身を固くして、そしてまた低く願いを詠唱し続けた。

山姥でもいい。天女でもいい。今はただ崇められながら生きてみよう。

月が天空に高く浮き上がる。それにつれてとろりとしていた輪郭《めいりょう》が明瞭に栄え、兎の模様も徐々に灰色味を増してゆく。

背の高い草の穂が流れるようにそよぎ、背後に被さる梢《こずえ》から、ぽとり、ぽとり、と小楢の実が落ちた。

やわやわとした微風が頬を撫で、自分の後れ毛がゆるく唇を打っている。

流れ入る柑橘の薫りの中、詠歌にも祈願が流れ続けているのだった。

やみ花

天に細い二日月が浮く。天の川の淡光が夜空にたなびく羽衣のようだ。

乾いた草穂がかさかさと揺れる。地面からゆるくたちのぼるのは昼間の残熱だ。

茂る樹々の根元に踏み石が点々と続き、窓の外に一人の男が跪《ひざまず》いて祈っている。

「大雨が来ねえに……大雪ならねえに……大水が残らねえに……」

窓辺に供えられた小さな果実が梅とハッカの混じったような香りを放つ。酸味と清涼感のある匂いが懐かしい。

これはハーブティーに似た香り？　何のお茶だっけ？　どこで飲んだのかな？

ああ、そうだ。あの薬草めいたお茶を飲んだのは独身の頃だ。友達と薬膳カフェと呼ばれる場所に行ったのだ。

勤め人時代はよく外でお茶を飲んでいた。ごく普通の、ちょっと自然派ぶった女性会社員だった。少しずつキャリアを積み、そこそこ評価され、派手な活躍はなくてもずっと仕事が続くと思っていた。

「ああ、だあ、だあ……」

地べたに張りついた男が声の調子を変え、過去に飛ぶ心がずるずると今に戻された。

「だあ、だあ、かみさん、くしりの花、絶やさねえでけさい。くしりの畑から水が引くえにしてけさい」

この男の「だあ、だあ」と言うのは「そうだ」「ところで」といった意味だ。

「くしり」は「薬」。どうやら花の咲く薬草を扱っているようだ。栽培しているのか採取しているのかは不明だが大雨だか洪水だかで被害を受けたらしい。

復旧させる術など知らない。元に戻るなら自然の成り行きか人々の力かどちらかだ。ただ、この男は自分に祈れば事態が好転すると信じている。

「かみさん、かみさん、くしりの花、どぐご、供えさせでけさい」

「どぐご？」

聞き取れない言葉をゆっくりと復唱して意味を尋ねる。

「どぐご、人を殺めるくしりで。かみさん、神通力あるども、どぐごも使うなば……」

毒粉なのだろうか毒御なのだろうか。そんなものは売れないから首を振る。

「このどぐごは、あどは、ねぐなる。生える場さ水が浸《つ》いて、他さは生えねで、終いのどぐごはかみさんさ供えでし」

また首を振る。言葉から察するに絶滅するかも知れない植物だ。以前に種が絶えた黒米を売った時に来歴を聞かれて閉口したことがある。

出所を探られる危険は冒せない。そもそも毒など売るつもりはない。

「かみさん、かみさん、壺、いらねえから」男が一束の乾いた草を窓辺に捧げ置いた。

「供えさせでけさい。終いのどぐごの花、なんとか、なんとか……」

霞草《かすみそう》のドライフラワーに似ている。吊ればおしゃれに見えそうだ。もちろん毒花を飾る気などないけれど。

「花だけ取ってな、粉にせばな、指ひとつまみで大の男がな、ころっと、すぐに、死ぬで。こそっともらいに来る者はいるが、もう生えねで」

そんな危なっかしいものはいらない。拒絶をこめて首を横に振り、左手で押し戻す。

「供えさせでけさい。かみさんさ供えれば次が続ぐと言われて……」

闇の者にしては口数の多い男が手を合わせて懇願する。うねる筋肉が合掌する腕に浮き、こぼれ髪の間から小動物めいた瞳がのぞいていた。

「桑の郷もなあ、かみさんさ布、供えてるうちは織りが栄えで、熊の肝もかみさんさひとつ供えれば翌年、豊猟だどがで……」

産物の一部を供えればより良い収穫に繋がると、少なくとも男はそう信じているらしい。拒み通すのもめんどうだ。使わなければ捨てれば良い。

それに訪れる者達を少しばかり喜ばせ、力づけるのも「かみさん」の役目ではないかと、この頃、思うようになったのだ。

黙って頷くと見上げる目がうっとりとした喜色に濡れた。

この男もいつも背中を丸めている。乱れ髪の中の顔立ちは悪くない。顔を洗い、髪を整えれば少しばかり魅力的になりそうなのに。

「ああ、情け深いかみさん、花みてえなかみさん、皆を守ってける弁天様みてえなかみさん、里が先々も息災で、虫や雨風が田畑を荒らさねえにしてけさい」

拝む声に賛辞が混じるようになったのはいつ頃からだろう。

誉められて悪い気はしない。もちろん本音とは限らない。物の怪《け》とも神ともつかない女なら機嫌を取っておいた方が無難だろうから。

どっぷりとした夜気を含む風が吹き、髪の毛が流されてぴしぴしと頬に当たった。打たれた肌が毛先の傷みを捉えていた。いつのまにこんなにぼろぼろの髪になったのかしら。どうしてこんなにぱさついてしまったのかしら。

「だあ、だあ、かみさん、ふくべふだつで、大《で》けえのをふだつ」

拝んだ後に男が窓枠に置いたのは表面に艶のある濃い青の二個の瓢簞《ひょうたん》だ。

左手に取って今夜も鑑定士のふりをする。それは堅く、つやつやかで軽い。表面に塗られているのは漆の類いらしい。この青色がめずらしいと良い値がつく品だ。

しげしげと眺めた後、ふたつのうちひとつを差し戻す。

「歪んでいる。いびつだ」

瓢簞のくびれ部分がわずかに非対称な上、傷がついている。左手の人差し指で軽く

叩いて意志を伝えると男が唇を震わせた。

この程度なら売れる。けれども引き取らない。なぜなら似たものを多く売ると値が崩れるから。少しずつ、少しずつ、もったいをつけて売るのがこつなのだ。

それにこの品物は少し在庫がある。これ以上は抱え込みたくない。

「こんくれえはかんべんしてもらいてもので……」

「いらない」

「なんとか大けえのをふだつ。畑さ水が浸いで切ねえ時期で……」

哀れだけれど心を寄り添わせはしない。対価を与えて次の交渉に移るだけだ。

「絵、描けるか？　色、つけられるか？」

瓢簞を買った者が評価に書いていたのだ。かわいい花模様のもあればいいのに、と。

「へえ？」男が怪訝な顔で聞き返す。「えぇ？　いろぉ？」

「模様、飾り、図、画……ええと、柄、図柄……」

元は同じ日本語だ。類語を並べればどれかが通じるはずだ。

「ああ、がら、な。かみさん、ふくべさ、がら？　何のがらがいい？」

「花」

「何の花？」

答えに困る。花の名前が共通とは限らない。ここにあっても今は絶滅した花もある。

今は一般的でもここには咲かない花もある。

生きる場所を選べない植物は想像以上に絶滅しやすい。それは闇の取り引きを通じて知ったことだ。

「何の花でもいい」

男が首を縦に振った。頭をがくがくと前後に揺らすかのような動作だった。

「かみさん、がらのをひとつ持って来いば、大けえのをふだつ」

「大ひとつに小ひとつ」

「なんとか大けえのをふだつで」

「大ひとつに小ひとつ」

「情け深いかみさん、きれえなかみさん、大けえのをふだつ」

すぐに折れて図に乗られても困る。良い柄ができるなら値はそこで上げてやる。

「大ひとつに小ひとつ」

口ぶりに苛立ちを込め、眉間に薄く皺をよせて見せる。

「蓮の花みてえなかみさん、どうが大けえのをふだつ。冬も来るんでどうか」

「ならば、いらない」

そう断じた時、鋭い電子音が窓辺の静謐《せいひつ》を引き裂いて響き渡った。

拝んでいた男が驚いて飛び上がる。身体が固まるほどすくみ上がる様が哀れだ。

鋭利な電子音がまた薄闇を突き抜ける。男は、ひぃ、と細い悲鳴を上げ、戻された瓢簞をつかんで震えながら謝罪を始めた。

「かみさん、かみさん、かんべんしてけさい。鳴かねでけさい。罰、当てねでけさい」

男は地面に頭を打ち付けて詫び、追い打ちをかけるように鋭い音がまた静けさを切る。

「戻れ」

それだけ言って窓を閉じ、カーテンを閉じた。

テーブルの上には干し草めいた花の束。室内に残るのは乾いた草と土の匂い。

商いの場を壊したのは玄関で鳴らされたチャイムの音だ。

壁の時計を見るとまだ七時半だ。人の訪問があっても、宅配便が届いても不思議はない。

現世の人々が歩き回る時間でも、外に暗がりが満ちれば闇の者共は訪れる。

あの男の里にどんな言い伝えが生まれるのだろう。「かみさん」に欲張りな求め事をしたら怪鳥のような鳴き声で脅されたとでも伝わるのだろうか。

薄暗い玄関に歩みより、魚眼レンズをのぞき込みながら聞いてみる。

「どちら様でしょうか？」

ドアに向かって出した声は本来の声だ。「かみさん」の声に比べると大人しく、張

りがなく、何やらとても平凡な響きだった。

「わざわざお時間をいただいてすみませんねえ」

運転席の細身の男が挨拶をした。助手席の柚子も、お久しぶりです、と低い声で返す。

エンジンはかけっぱなしだ。フロントガラスからの陽射しが強い。けれどもエアコンの風で胸許が寒いからハンカチで襟ぐりを覆う。

「秋なのに暑いですね。事故の時は仕事とはいえいろいろとお聞きして失礼しました」

運転席の男が眼鏡の位置をなおしながら言う。

「その節はお世話になりました」

「何度かお引っ越しされたようですが、まだお姑《しゅうとめ》さん、いや元お姑さんが訪ねているようですね」

「ええ、相変わらずで……」

「お困りでしたら最寄りの警察署に相談を。過度なつきまといは迷惑行為として取り締まりを検討できますので」

はい、いざとなったら相談に、と応えるけれど警察になど行く気はない。そんなことをしたら逆恨みされるだけだろう。

「ここの所轄に同期がいるので相談があったら対応するように伝えておきます」

「ありがとうございます」

この男は刑事だ。夫が死んだ時、最初は辛辣に、後に粛々と聞き取りを進め、やがて事故との判断を伝えてくれた。目つきが鋭くもなければ威圧的でもない。黙っていればごく普通のやせ形のサラリーマンにしか見えない。

「いきなり訪ねてすみませんでした。何度か電話をしましたがお留守だったので」

「ずっと電源を切ったままで。失礼しました」

昨夜、窓辺の者を追い払ったチャイムはこの男が鳴らしたものだ。

ドアレンズの中に刑事の姿を見た時はすくみ上がった。夫の死のいきさつを思い出したからだけではない。自分のせいで命を失った者が他にもいるためだ。

異界の者の生き死にに現世の刑事が関わるはずもない。それでもなぜか糾弾を怖れてしまう。

「あの、どういったご用でしょうか?」ドアを薄く開けて応じる声が震えていた。

「夫の件はもう終わって、保険会社も事件性がないと判断して……」

「はい、事故と判断されていますがおさしつかえなければお話など」

「あの、今、ですか？　家の中はちょっと」真偽のほどは知れなくても毒草だと言われた植物が中にある。「その、狭いし、散らかってますし……」

「お邪魔したりはしません。日没後、男性の刑事が女性宅に入ったり女性を呼び出したりは厳禁なんですよ。ご存じのようにセクハラ防止指導が厳しくて」

知っている。夫が転落死した後、聴取を受けていても日没と共に帰宅させられた。女性警察官が同席しない時は、密室化しないようにドアが開け放たれていた。

「そんなわけでご足労をおかけしますが日中にどこか外でおあいできれば」

ドア越しの提案を拒む理由を見つけられなかった。刑事の車の運転席と助手席で話をしているのは団地の近くに喫茶店はおろかファストフード店すらないからだ。

「今日、ご足労いただいたのはお姑さん、いや、正確には元お姑さんの件で」

「義母のこと、ですか？」

「実は元お姑さんが元嫁、つまりあなたが息子殺しを白状した、と何度も言って来るんですよ」

「殺しを白状？　私が……？」

「殺人を告白して、人を喰うのを止めたい、と言ったとかで。ええと、まさかとは思いますが、その発言に心当たりはありますか？」

「ああ、そんなことを」顔に嘲りの笑いが浮かび、ハンカチで口元を隠す。「あの人が私を人殺し呼ばわりしているのはご存じですよね？」

ええ、まあ、と刑事が同情をこめた声で同意する。

「先日、団地に来ました。業者を雇って住所を調べさせたそうです」

嘘はつかない。ありのままに話す。バス停で待ち伏せされたこと。蟬が鳴きしきる中で罵られたこと。私が人を殺して喰うのなら止めてください、と言ったこと。

「義母から逃れたい一心での発言が白状に聞こえたのかも知れません。思い当たるのはそれくらいです」

「つまりあなたは元お姑さんに殺人の告白とも解釈される内容を語ったと？」

「解放してもらえるなら人殺しと呼ばれてもいい、そんな気になりましたから」

「あらためてお聞きしますが殺害してなどいないのですよね？」

殺害？　誰を？　夫を？　あるいは哀れな異界の者共を？

「私がいなかったら死なずにすんだかも」それはごく正直な気持ちだった。「自分が疫病神に思えます。今、人を殺したのかと尋問されたら殺したと言うかも知れません」

「いやいや、まさか！　尋問なんて！　そんなことはしません」

異界で人を死に追いやっても現世で裁かれるはずもない。捕まるはずなどない。そう思った瞬間、闇の者に見せる笑顔が、じわり、とにじみ出た。

刑事が自分を凝視している。慌ててハンカチで口元をおおい、現代を生きる者の風情で目を伏せる。

「今、お仕事は？」するりと話題を変えられた。「平日の日中に呼び出してお仕事を

休ませてしまったのではないでしょうか？」

「週三日バイトをしているだけですから」

「失礼ですがそれだけでは生活が成り立たないのでは？」

「身体がだるくて毎日は働けません。職場に義母が怒鳴り込んだこともありますし、切り詰めて生活していますので」

どこかお身体の具合が？　と聞くから、健康診断では問題ありませんでした、と判で押したような答えを返す。

「差し出たことですがあまりにも気力が出ないようでしたら市民相談課か保健センターに相談してみては？　自治体の自立支援を受けられる可能性もあります」

「ありがとうございます。考えてみます」

口元を隠したまま顔を向けて謝意を告げると刑事が少し困ったように目を伏せた。

「あの……お寂しくは、ありませんか？」

「え？　寂しい、ですか？」

寂しさとは何だっただろう。孤独？　よるべなさ？　人との関わりを求める気持ち？

「あ、変な意味ではなく。ええと、あなたは以前は成績の良い営業ウーマンで、結婚後は人気の街の新築マンションに住む奥様だったのに今は駅から遠い場所で……」

男の遠慮がちな言いぶりに少し笑う。

「寂しさは感じません。静かならいいんです。義母さえ来なければ……」

「元お姑さんが社会復帰を妨げているならそこを断つことが大事です」

「ありがとうございます。また義母が来るようであれば相談に行きます」

警察になど出向く気はない。闇の取り引きにどっぷりと浸かった身だ。海千山千の警察官に何を嗅ぎ取られるかわかったものではない。

「あの、もうよろしいでしょうか。長く家の外にいると疲れて……」

「失礼いたしました。お近くまでお送りします」

お気遣いなく、と言ったけれど刑事は団地の側まで送ってくれた。

ハンカチでずっと口元を覆っていたのはエアコンの冷たさが原因ではない。時おり口元に浮かぶ笑みを隠すためだった。

重たい音を立てて職場の自動販売機から飲み物が吐き出された。

取り出して舌打ちする。ボタンを押し間違ったらしい。ミネラルウォーターのつもりが出て来たのはミルクティーだ。

眉間に皺が浮くのがわかる。それは義母が好んでいた飲み物だったからだ。

もう一度コインを投入しながら考える。この紅茶をどうしよう。冷蔵庫に放り込ん

でおけばいつか飲むだろうか。あるいは中味を捨ててラベルを取り、闇の取り引きに出そうか。

「あら、柚子さん、ジュース買ったの？」

「まあ二本も？　電話ばっかりだと喉がかわくのよねえ」

明るい声が背後に響く。昼食とマグカップを持った同僚達だ。不機嫌な表情を消し、顔に薄い笑みをはりつけ、一本は間違えて買ってしまって、と曖昧《あいまい》に応える。

「柚子さんって実はお金持ちよねえ。羨ましいわ」

言われたことの意味が摑めない。多分きょとんとした顔をしていたのだろう。

「だっていつも自販機でジュースを買ってるじゃない？」

「私なんて節約のため水筒を持って来るか給湯室のまずーいお茶を飲むか」

確かに自分も勤め人の頃は給湯室やオフィスのコーヒーマシンを利用していた。ペットボトルを得るためとはいえ職場で常に自動販売機を使えば目立つに違いない。

「会社で使うカップを割ってしまって、持って来るのを忘れて自販機で……」

「あらあ、柚子さんって意外におっちょこちょい！」

昼休みの解放感に満ちた女達がとても朗らかに、悪意のかけらもなく笑う。

「辞めた人が残していったのを使えば？　食器棚にいっぱいあるわよ！」

じゃ明日から、と答えたけれど、茶渋がこびりついたカップを使う気にはなれない。

今度、カップを持って来る？　いや、きっと持って来ない。だって長くいられそうにないから。

義母が住処《すみか》を突き止めたのだ。次は職場まで来るに違いない。

派遣会社からも契約終了後に義母が押し掛けたと連絡が入っている。

「ご家庭のトラブルですかね？　派遣先に怒鳴り込まれると困るんですよ」

そう電話で告げた担当者の顔は覚えていない。手が過度に日焼けしていなかったこと、指が土まみれでなかったことしか思い出せない。

「弊社にクレームが来て次に派遣する人数を減らされました。これ以上、先方にご迷惑はかけたくないので黒崎さんの派遣登録を抹消させていただければと」

反論などできるはずがない。フルタイムの派遣社員に戻る意志もない。

ここのバイトも潮時かも知れない。エントランスで待ち伏せされ、罵詈《ばり》雑言《ぞうごん》を浴びせられ、同僚達の好奇の目に晒される前に立ち去る方がいいだろう。

今度は午後からのパートを探す。朝からの仕事と闇の取り引きとの両立は難しい。

仕事に未練などない。けれども無職になるわけにはいかない。

闇の窓がいつ、ただの古い窓に戻らないとも限らない。それに現世との接点を断ったら自分が異界に棲む魔物に変じてしまいそうで恐ろしいのだ。

とろとろとした闇が心地よい。いつしか取り引きを待ちわびるようになっている。

訪れる者共の崇拝も快い。

夜の窓辺を思い出していると昼食中の女達が気さくに話しかけてきた。

柚子さん、お疲れなんじゃない？　そうよ、顔色がさえないわ！　寝不足？

「あ、はい。大丈夫です」心を引き戻しながら微笑で応じる。「夜更かしが多くて。早寝早起きしたいんですけど」

掛け持ちでお仕事なのよね！　睡眠はしっかりとらなきゃ！　お肌がくすんでるわ！

そうですよね、と、その通りですね、を繰り返しながら思う。この頃、職場での会話のこつが摑めて来た、と。言われたことを否定しない、頷きながら言葉の一部を復唱する。それだけで相手が会話を次に繫げてくれるのだ。

寝不足は肌荒れの原因よ！　あとお肌の大敵は乾燥と紫外線とストレスと加齢？やだ加齢はどうしようもないじゃない！

弁当箱やデリカのランチボックスを広げた女達の声が今日も明るく、騒々しく、そしてぞっとするほど力強い。

「現代人は忙しいからたっぷりなんか眠れないわよ」親を介護している五十代の女が言った。

「疲労や肌荒れにはサプリがいいかも」二十代の元ネイリストが穏やかに提案する。

「美肌のためにはプラセンタがいいですよ」柔らかな口調は美容部員をしていたという細身の女性だ。

プラセンタの一言に昼食中の女達がいっせいに反応した。

それって良いものは高いのよね！　胎盤から作るって本当？　出産の時に最後に出て来るあれ？　やだ安全性はどう？　出どころが心配！　国産ならいいんじゃない？

「馬や豚以外に魚卵や植物からも作りますが」自称・元美容部員が少し得意気に説明する。「ヒトプラセンタが上質と言われています」

後産を生レバーみたいに食べるの？　いやだ気持ち悪い！　それ違法じゃないの？

「人の胎盤はだめ！　産婦人科から業者が回収して横流しをしてるんだから」美容院でもパートをしている女が怪し気な知識を披露し始めた。「母親が農薬や添加物だらけのものを食べてたら危ないし、病気の人の胎盤を食べたら感染の危険があるの」

病院から集めるの？　グロテスク！　腐ってたりしない？　添加物だらけは嫌よ！

女達の囀《さえず》りに郷愁にも似た想いが湧く。前は疎ましいばかりだったのに。普通の人々の声に懐かしさを感じるほど、自分は現世からかけ離れているのか。

「ね、柚子さん、お肌がお疲れ気味よ。プラセンタ飲めば？」

「そうよそうよ、馬とか豚のだったら気持ち悪くないもの」

突然に話をふられて反射的に、そうですね、と無難な同意を示す。

ミネラルウォーターを飲んで間を作るとミニバッグに放り込んだミルクティーが目についた。これは舌が痺れそうになるほど甘い飲み物だ。義母がよく飲んでいた。先日、来た時もトートバッグの中に特徴的なオレンジのキャップが見えていた。

「柚子さん、こんなこと言いたくないんだけどね」ミルクティーを好む義母の声が、突然に耳に蘇った。「シャツがくしゃくしゃよ。ちゃんとアイロンかけた?」

結婚後、バイトをしていたオーガニック系の雑貨店でコットンシャツをよく買っていた。ノーアイロンで着用する肌触りの良いものだったと思う。

けれども義母も夫も糊の効いた、皺ひとつないシャツを好む人達だった。どちらが正解かは決められないと思う。ただ二対一でこちらに分がなかっただけだ。

やっぱり人間の胎盤は気持ち悪いわ……豚や魚のでいいわよねえ……そんなことより規則正しい生活が……それができれば苦労はなくて……

女達の声がさざめく。小さな休憩用の会議室に熱気と笑い声が満ちる。

途切れない会話を聞き流していると、ちりちりと頭のどこかに小さな熱が走った。

美肌のため?　胎盤?　出どころ?　農薬や添加物だらけの……?

意識の網にいくつかの単語が引っかかった時、闇に漂う血臭がよぎった気がした。

「人間の胎盤を食べると美容や健康に良いのですか?」

自分の声が昼の休憩室に響き、ざわついていた女達が喋るのを止めた。

「ヒトプラセンタを飲んだ方の多くは肌がきれいになったと言っています」

元美容部員を名乗る女が沈黙を気にせずはっきりとした声で応じた。

「出産時の胎盤を、生で、食べれば効くんですか?」

「そのまま食べたと公表する海外セレブもいますし、過去に美容のために生で食べた女性の記録もありますから、今もこっそり食べる人がいるんじゃないでしょうか」

「つまり、現代も、そのまま食べる人が、いる……?」

「ちょっと、ちょっと! 柚子さん、顔、怖ぁい!」

隣に座った若い女がのぞき込んで大声をあげた。

あらほんと! 柚子さんすごい真剣な顔! 美容のために人間の胎盤を食べちゃう気?

「肌荒れが気になって。スーパーで売ってたら喜んで食べるんですけど」

とっさに笑みを浮かべて言ったら女達がいっせいに笑った。

スーパーで売るっておもしろい! お醬油とかで食べるの? 美への執念ね!

ざわざわとした言い交わしがまた室内に満ちる。それは闇に鳴る樹々の揺らぎと良く似た響き。ひとつひとつの意味などひたすら曖昧な音の連なりだ。

自分はいつから会話の受け答えができるようになったのか。

煩わしがる心が失せている。問いかけへの疎ましさも消えている。反射的に言葉を

返すのは、心が離れた場所に移って感情が動かなくなったせいなのかも知れない。

周囲に声が流れる。自分がまた変わる。良いことなのか後戻りできない破滅への道なのかわからない。ただ黙って微笑み、頷きながら現世を過ごすだけなのだ。


男が差し出した青い瓢箪には繊細な白い六弁花が散らされていた。

この男も窓のカーテン模様を真似たらしい。前に捧げられた布よりも精緻《せいち》だ。花の間に散る白糸の筋まで忠実に再現されている。

「かみさんの羽衣と同じがらに」男がおずおずと言う。「許さんなら別のがら、つけるで」

彼が現世に生まれていたら、と考える。記憶力が良く、器用で見た目も悪くない。住む場所か時期が違ったらこれほど背中を丸めて生きることもなかったろうに。

瓢箪を受け取り、ペットボトルの大きいものをひとつと小さいものをひとつ押しやると男が、ありがてえ、ありがてえ、と繰り返してそれを押しいただいた。

値を吊り上げようとしないのはチャイムの音に怯えたせいだろう。

次に準備していたテキスタイルブックを左手だけで開いて男に見せる。示されたページにあるのは西洋のヴィンテージ柄だ。

受け取るだけではいけない。欲しいものは伝える方が良い。

役に立たないものを供えられ、断り、嘆かれ、追い返す手間は省きたい。恨まれ、逆らわれる危険も除きたい。従順なこの男もいつ命を脅かして来ないとも限らないのだ。

「かみさん、かみさん、いいがらだなあ。これも天上のがらだなあ。きばって青いふくべさがらを描いで、どさっとかみさんさ供えさせでけさい」

だから小さいのをもうひとつ、と交渉されることを予想して言葉を遮る。

「まずひとつ」

「なんぼでも描くどもなあ。今年は大水が来て、冬に飢えねえに稼がねばならんで」

「まずひとつ」

最初の一個の仕上がりをみてからだ。万一、稚拙な絵だったら困る。

「かみさん、かみさん、別嬪《べっぴん》のかみさん」男が黒く濡れた瞳で見つめて言葉を繋ぐ。

「くしりは絶えて、冬前で物入りで、ふくべ、なんぼか供えさせでけさい」

「くしりの花は……」男の言葉を真似て聞いてみる。「なんとして使う？」

「花はやぁげんで擂《す》って粉にして、湯さも水さも入れれば見えねえになるんしで。ひとつまみ、飲ませればすぐに効くんしで」

「やぁげん」は多分、擂り下ろして粉末を作る「薬研《やげん》」だ。乳鉢と乳棒で代用できる。

「かみさん、くしりの花の畑、水が浸いたまんまで、あどは生《お》がらねかも知れんで。

かみさんさ出した花で終わりで、他に銭になるものもねえんしで」

多弁な男が哀し気に語る。祈りの甲斐もなく薬草の畑は潰れたらしい。

細い月が天の川の縁に触れている。それは燐光《りんこう》を発する一条の模様のような。あるいは淡い光の流れを裂く亀裂のような。

「きれえなかみさん、別嬪のかみさん、ふくべ、なんぼか供えさせでけさい」

まずひとつ、と返せなかったのは「きれえな」「別嬪の」という形容詞を添えられたせいだろうか。

黒く濡れた瞳が見つめている。長いまつ毛が陰影を揺らめかせている。

風が吹き、脂じみた髪が背後に流れ、思いがけないほど端麗な顔立ちが晒された。くたびれてみすぼらしい自分なのに、見た目の良い男にきれいだと言われる気持ちをどう言い表したら良いのだろうか。

異界の男、言葉もうまく通じない薄汚れた男。恋愛やら官能やらの対象になりはしない。見栄を張りたい相手でもないはずなのに。

「蓮の花みてえなかみさん、ふくべ、なんぼか供えさせでけさい」

「まずひとつ」絞り出した声だった。「それを見てから」

「弁天様みてえなかみさん、ふたつ、みっつ、供えさせでけさい」

「なら、いらない。もう供えさせない」

「ああ、かみさん、かみさん、かんべんしてけさい」男が哀れな声で望みを翻す。「ひとつにするんで。別嬪のかみさん、末永くここさ居《お》ってけさい。なんとか、なんとか、先々まで護ってけさい。それからくしりの花も育つえにしてけさい……」

男の祈りが呪文のように続く。カーテンが揺れる。細い月が天の川を過《よぎ》る。

壁の時計を見ると夜中の二時を過ぎていた。この時間ならチャイムなど鳴りはしない。

男は気が済むまで拝み続けるのだろう。今夜はいつまでも祈られてやろう。

後れ毛をかきあげると指が張りを失った肌に触れた。

「かみさん」がきれいな方が祈る者共も喜ぶのではないか、とまた思う。

風の流れと草葉のそよぎに拝む声が混じる。月がそろそろと天の川を過り、西の天空に移ろっていくのだった。

玄関ドアに紙が貼られていた。A5サイズほどの和紙だ。

うねった墨文字がびっしりと書かれている。読めるのは「魔除」の文字だけだ。

初めてではない。義母に中傷の言葉を書き連ねた紙を貼られたことはある。今回のものはどこぞの神社か霊能力者から譲り受けたものなのだろう。

さっき帰宅の途中、中庭で近所に住む千代に会った。

「ねえ柚子さん、最近、変な人が来ててね」いつも通りの挨拶の後、言い辛そうに彼女は切り出した。「あのね、注意してちょうだいね。大ごとになったら大変だから」

「変な人、ですか？　空き巣とか変質者とかでしょうか？」

「いえ、年配の女の人なんだけど、長めのおかっぱでぽっちゃりした。その、柚子さんのことをいろいろと。だから気をつけてねってお伝えした方がいいかと……」

そこでやっと気がついた。義母がまた来ているのだ、と。

自分の顔色が変わるのがわかる。それを見て相手は察したようだった。

「柚子さんは悪い方じゃないって知ってるわ。お優しい方ですもの。でも噂をすぐに信じる人もいるし、ああいう人は何をするかわからないから用心してちょうだいね」

ありがとうございます、気をつけます、を繰り返すと彼女は、困っておられるなら自治会に相談したらよろしいわ、と言い添えた。

敷地内に侵入する不審者がいればパトロールを強化する制度があるのだとか。とは言っても高齢の役員ばかりで取り締まり能力は高くないらしい。

ドアに貼られた紙は水で濡らしても、スポンジでこすってもなかなか剝がれなかった。

また近隣に妙な噂を流され、ここに住みにくくなるのだろうか。

別嬪のかみさん、末永くここさ居ってけさい……

なんとか、先々まで護ってけさい……

闇の者の祈りを思い出す。憧憬《しょうけい》をこめて見上げる瞳も目に浮かぶ。

追われるのはもう嫌だ、二度と逃げるもんか、そう呟きながらドアを拭いていると、夕陽の中、帰宅する住民が不思議そうに見つめていた。

洗ってもこすっても糊づけされた和紙は取り切れず、あきらめて戻った家の中は西陽で蒸し暑かった。

棚の上の乾いた花が窓からの夕陽で禍々《まがまが》しい朱色に照らし上げられている。

あの男はどう言っていたっけ？　花だけ取って、粉にして、水か湯に溶いて？

乳鉢と乳棒なら持っている。わずかに残した食器に紛れて廃棄を免れたものだ。オーガニック系の雑貨店でバイトをしていた時、ドライハーブとコーンスターチからベビーパウダーを手作りしようと買ったのだ。自然派を真似た名残がこんな形で役に立つとは考えてもいなかった。

乾いた花びらを摘み取り、ごりごり、ごりごり、と白い器物の中で擂り潰してみる。花はすぐにさらさらとした粉に変じた。息を吹きかければふわふわと散り、気流に飲まれて消えて行きそうな粉末だ。

ミネラルウォーターに入れると粉が水に混じる。溶けはしないけれど反射率のせいか粉末がほとんど見えなくなるようだ。

職場で買い間違って冷蔵庫に入れっ放しのミルクティーを開ける。ボトルの中にさらさらと粉を注ぐと、それは紅茶に混じって全く目に見えなくなった。キャップを閉じて振り、粉の存在がわからなくなったのを確かめ、スプーンに注いで嗅いでみる。香りに変化はない。舌先に少し乗せてみる。味も全く変わらない。洗面所で吐き出してうがいをしながら考える。これは本当に効くのかしら？　と。試した方がいいのよね？　でもどうやって？　人に飲ませればわかる？　バイト先の同僚達の顔が浮かぶ。だめだ。現世の者に飲ませるのはまずい。なら誰に使う？　闇の者？　だとしたらどの者に？

窓の外で西陽が低く棟の中に沈み、辺りの景色が黒ずんでいる。もうじき夜になる。次に来るのは誰だろう。その者は「かみさん」に与えられたものを躊躇《ためら》いなく飲み下すのだろうか。

外でカラスが鳴く。衰えた蝉の声も響く。痩せた白樺が風にいたぶられる音もする。きっと誰かが訪れる。やがてこの花の効果がわかる。暮れようとする外景を見ながら思う。もう逃げはしない。ここで生きる決意を固めた。ただそれだけのことなのだ。

目が覚めたら白い天井が見えた。

淡い緑色のカーテンが三方向を囲み、うっすらと陽光が透けている。

乳白色の細い管が眼前にくねり、それを辿ったら自分の腕に繋がっていた。

何が起こったのか思い出せない。狭いベッドに横たわっているようだ。節々が痛い。寝返りを打とうとするだけで頭痛と吐き気にうめき声が出る。

苦痛の声を聞きつけたのだろうか。目の前のカーテンが勢い良く開けられて白い洋服に身を包んだ者が現れた。

「あら、気がつかれました？　具合はどうですか？　動けます？」

紛れもなく現世の言葉だ。着用しているのは白っぽい半袖のトップスに同色のパンツ。見なれた看護師の服装だ。

「一昨日の夜中に一人で来て、そのまま一日半も眠ってたんですよ。もう大丈夫だと思うけど一時期、血圧と心拍数が下がってたから安静にしていてくださいね」

「あの、私は一体……」

記憶がはっきりしない。身体がとてもだるい。病院にいるのは確かのようだ。

「よく一人でここまで来られましたよね。あんまり苦しい時は迷わず救急車を呼ばなきゃ。後でドクターが来ますから休んでてください。辛かったらナースコールしてくれればお薬を出しますからね」

看護師は忙しそうな早口で言い、そそくさと立ち去った。

辺りは静かではない。ぱたぱたと人が歩く音、伝達事項を告げる低い声、金属が擦

れあう響きなどが満ちている。

じっとしていると頭痛も吐き気も耐えられる。

横たわったまま目を閉じて何があったかを考えてみる。

あの日の夕方、洗面所でもう一口、ミルクティーを口に含んで味と臭いを確かめてみた。やはり気になる臭気はない。舌に刺激も感じない。味も変わらない。

ああそうだ。思い出した。その時にドアチャイムが鳴り響いたのだ。

「人殺し！　化け物！　罰当たり！　お札を剝がすんじゃない！」

義母がチャイムを連打し、ドアを叩き、わめく声が鼓膜に突き刺さった。

鬼気迫る叫びだった。もう逃げないと決意しても背筋が凍りつき、そして、その拍子に口に含んだ物をほんの少量、飲み込んでしまったのだ。

慌てて吐き出した。喉に指を突き入れて吐いた。水を飲んでさらに嘔吐《おうと》した。

呼吸が苦しくなり、意識が霞む。外で義母がわめく。チャイムも響き続ける。ゆっくりと視界が暗転し、それにつれて罵倒の声が揺らいで薄れていった。

その後、どうやって病院に来たのかよくわからない。

看護師は夜中に一人で来たと言う。想像でしかないけれど、義母がわめき疲れて立ち去り、数時間後に意識を取り戻してタクシーを呼んだのではないだろうか。

時間と日付を見ると確かに二日近くが経過している。ベッド脇のワゴンにはハンカ

チやら財布やらが入ったポーチがある。外出時の癖でとっさに持って出たのだろう。

翌日、帰宅が許され、診察室で対面した医師は温厚な笑みを浮かべながら細かい数値の印字された紙を示して言った。

「頭痛と嘔吐のほかに血圧と心拍数の低下が見られたので血液検査をして心電図と脳と胸部と腹部のCTを撮りましたけど異常ありませんでした。基礎疾患がなくても具合が悪くなることってありますから」

「はい、ありがとうございます」

「それから飲み物に混入されたという毒物の件ですけど」

「え？　毒物？　飲み物に混入？」

「あ、覚えてません？　そうですか。ずいぶん混乱してたし具合も悪そうだったし」

若いドクターは手入れの行き届かない髪をかき上げて苦笑した。「まあ、それもよくあることです。急に苦しくなるといろいろ疑わしくなっちゃうから」

「あの、毒物って……？」

「ここに来た時、ペットボトル入りの紅茶を握りしめてたんですよ。これに毒が入ってるから調べて、毒で具合が悪くなったって、ずっと訴え続けてまして」

「私、そんなことを言ってたんですか……？」

言われてみればミルクティーのボトルを握っていた気がする。解毒するにしても毒

物の正体がわからないとできないだろうと霞む意識の中で考えたのだ。

「残念ながら、と言うか、喜ばしいことに、と言うか」医師はおどけた表情を浮かべて続けた。「毒物は検出されませんでした。事件の可能性もあるんで大至急、検査に出しました。が、全く何もなく。ごく普通の市販の飲料でした」

「検出されない？　普通のミルクティー……？　毒は入っていないと……？」

「そりゃ広い世界に未知の毒はあるんでしょうが」冗談好きそうな医師が笑う。「それがいきなり日本の市販品にって考えにくいでしょう？」

「ご迷惑おかけしました」うつむいて謝罪する。「本当にすみませんでした」

「事件性がなくて良かったです。また具合が悪くなるようなら受診に来てくださいね」

はい、と返事をし、口元にハンカチを当ててうつむいた。

傍目《はため》には恐縮しているように見えるだろう。違う。口元を隠すのは笑みが浮かんでいるからだ。唇の両端が歓喜に吊り上がるのを見られたくない一心からなのだ。

喉から、くつくつ、くつくつ、と笑いが漏れる。

「おや、どうしました？　まだ吐き気があります？」

医師が怪訝そうに聞くから無言で首を振って立ち上がり、深々と頭を下げた。

お辞儀は謝意を示すだけではない。表情を見せないようにするためだ。

うつむいたまま診察室を出て、トイレの個室に駆け込み、声を殺して笑った。

ぐつぐつ、ぐつぐつ、と喉が震える。笑いを押し込めると涙がだらだらとこぼれる。

闇の者は、あの良い顔立ちの男は素晴らしい花を供えてくれた。

これで助かる。あの窓辺を離れずにすむ。お前達のかみさんでいることができる。

現世の医師共が調べ上げてくれた。もう試す必要はない。

これから家に帰る。そしてあの乾いた花を擂り潰す。

闇の者が護ってくれた。だから永遠に祀《まつ》られ、あれらを守護する者であり続けよう。

押し潰された笑い声に喉が震え続ける。それは闇に息づく物の怪にふさわしい声に思えるのだった。


「どこまで私を中傷すれば気が済むんですか？」

じりじりと陽が照る午後、背後から声をかけると義母が、びくん、と身を竦ませ、ゆっくりとこちらを振り向いて怨嗟《えんさ》の声を吐いた。

「人殺しを人殺しと言ってるだけじゃない。何も悪いことはしてないわ」

化粧が汗に流れている。目が赤く充血し、髪の白い部分がまた増えている。

頭上には紅葉する前に葉先を枯らした白樺やポプラが揺らぎ、足元では死に切れない蟬が地にのたうちながら鳴いている。

秋だというのにまだ暑い。冷えた飲み物を入れたウエストポーチだけが冷たい。

「化け物の悪事を暴いてるだけよ。妖怪を妖怪って呼んで何がいけないの？」

「私、化け物ですか？」

「ええ、化け物よ。人の生気を吸って抜け殻みたいにしてから突き落として殺すの」

まだ口調は静かだ。けれどもじきに激してくるのだろう。

「団地にお札を貼ったり、自宅前で騒いだり、これが続くなら警察に相談を……」

「物の怪が警察まで咥《くわ》え込んで！　妖術を使ったのね！　だからあたしの訴えを聞いてくれないんだ！　何度も通報してるのに！」

大きくなってゆく声が建物にこだまする。誰かが見ているのだろうか。かまわない。自分は何もしない。罵られる哀れな女でいるだけだ。

「あたしは息子を亡くして、世の中に見捨てられて、化け物がのうのうと生きて！」

義母のトートバッグから和紙がのぞいている。自宅のドアに貼られていたものだ。団地の掲示板にも、棟の入り口にも貼られていた。悪質な貼り紙をしないようにとあちこちに注意書きが出ているというのに。

「もう来るのはやめて、とお願いしても聞いてくださいませんよね」

「やめないわ！　二度とあたしみたいな不幸な人間を出したくないの！　かわいそうな被害者が生まれないよう、世の中のために、社会のために声をあげているのよ！」

その主張を聞いて嗤《わら》う。誤解と私憤に社会正義の名を着せ、世のためと言い張る姿

に今は滑稽さしか感じない。

「お札の糊を剥がすため業者を呼ぶそうです。自治会から費用請求されますよ。あなたがしてるのは単なる迷惑行為。その程度のことも理解できないんですか？」

侮蔑の笑いを浮かべて言い放つと義母の顔が憤怒に歪んだ。

「非常識で愚かですよね。あの意地悪な息子の親に相応しいと思います」

義母が、ぎぃ、と濁った声を出し、何かを叫びながら摑みかかって来た。

待っていた。この機会を待っていた。襲いかかる時を招き寄せることができたのだ。

彼方の闇から矢で射られたことがある。垢じみた大男に押さえつけられたこともある。野蛮な者共を使い慣れない武器で追い払ったこともある。

暴力沙汰に疎い老女など敵ではない。摑みかかる女をぎりぎりまで待ち構え、直前で、するり、と身をかわし、その片足を軽く蹴り上げて薙《な》ぎ払う。

小太りの身体が土埃を上げて地面に倒れ込んだ。

側で飛べなくなった蟬が円形に蠢《うごめ》いてわめく。ぞわぞわと痩せた樹々も揺れている。

ああ、同じだ、と思う。蟬の声も樹々のそよめきも、闇の者共の祈りも、職場の女達の囀りも、義母の罵りも、全てが同じ単なる音の連なりに過ぎないのだ。

「この化け物が！　妖術で転ばせたのね！」

土に汚れた義母が半身を起こして叫ぶ。勘違いが滑稽で声を漏らしてまた嗤う。

魔除けのお札が落ちて周囲に散っている。ハンカチとティッシュもバッグから飛び出して地面に落ちている。

義母が起き上がってまた襲いかかる。両膝はすりむけ、服には土がまぶされていた。もう一度、身をかわし、また脚を引っ掛ける。小太りの身体が派手につまずき、今度は顔面から勢い良く地面に倒れ込んだ。

スカートがめくれてたるんだ太ももと下着が剝き出しになっている。

その無様さに声をあげて嗤う。こんな者を怖れていたのか。こんな無力な者から逃げ惑っていたのか。

義母のトートバッグから長財布とミルクティーのペットボトルが転げ落ちていた。にやり、と自分の唇が笑う。待っていた。この瞬間を待ち構えていた。

目の前に足の裏と尻が見える。拳で地を打って泣く声がやかましい。

義母の目がこちらを向いていないのを確かめ、落ちたペットボトルを拾い上げて自分のウエストポーチに放り込む。そして持参したミルクティーのボトルを財布の横に転がした。しっかりと冷やし、中味の三分の一ほどを捨てて飲みかけのようにし、あの花の粉を混ぜ込んだものだ。

「じきに最終バスが来ますからもう帰りませんか？　ここいらは呼んでもタクシーが来てくれないことがあるんですよ。それとも……」義母の前に移動してしゃがみ、け

らけらと笑いながら聞く。「よろしければ、今夜、私の家に泊まります？」

ひぃ、と女が湿った悲鳴を上げた。擦りむけた顔面で汗と化粧と土埃が混じり、大きく開いた口の周囲の皺に沈み込む。

「化け物のねぐらに泊まったらどうなるかしら？　悪事の尻尾をつかめるかも知れませんね。それとも私がお義母さんを生きたまま喰う方が早いかな？」

「化け物が、人殺しが、あたしまで殺す気？　あたしが消えたら警察が騒ぐわよ」

「どうなるか試しに泊まってみましょうよ。精一杯、もてなしますよ」

顔を近づけて言うと、義母が地面に腰を落としたままずるずると後ずさった。

「もうバスが来ますね。帰るならお財布、拾ってくださいね。暗くなったら私、化け物になりますから急いだ方がいいですよ」

義母が震える手で財布を拾い上げ、よたよたとバス停に向かおうとした。

「ハンカチもティッシュも忘れないで。あ、それから飲み物も。ペットボトルに唾液がついてたら呪いに使っちゃいますよ」

また笑って見せる。赤黒い夕陽に照らされ、自分の顔はさぞかし気味悪いことだろう。

義母がミルクティーを拾い、つるり、と落とす。汗で手が滑るのだ。顔も首も大量の汗で濡れている。きっと、とても、とても、喉が渇いていることだろう。

何度か取り落とした後、震える指が飲み物をトートバッグの中に放り込んだ。

地面にのたうつ蟬が末期《まつご》の声をあげている。痩せた木立が啜り泣くように揺れている。

バスのエンジン音が近づいている。黄色いヘッドライトが人魂のように揺れている。

義母がよたつきながら角を曲がり、白樺の向こうからバスのドアの開閉音が聞こえた。

踵《きびす》を返して住処に戻る。拾ったボトルは処分しよう。日が暮れる前に家でシャワーを使おう。そして今夜もまた愛しい闇の者共の訪れを待ちわびるのだ。


さわさわ、さわさわ……

さわさわ、さわさわ……

頭上の闇に樹々が鳴る。梢《こずえ》の彼方に天の川の光輝がせせらぐ。

淡い光が降り落ち、跪《ひざまず》く男の髪を照らし上げていた。

「かみさん、かみさん、ふくべ、見でけさい。がら、見でけさい……」

ひそひそとした祈りに秋の虫の声が絡み、頭上で樹々のざわめきに混じる。

差し出され、供えられた瓢簞には精緻な花束が描き込まれていた。

左手だけで開いたテキスタイルブックと見比べ、描写の精密さに驚いてしまう。

この男は記憶力が良い。もっと細かい絵も描かせられる。現世の者が好む絵柄を見せてやろう。きっと良い商いになるはずだ。

対価を差し出すと男はうやうやしく受け取り、地に頭をすりつけて拝み始めた。

「かみさんさ供える前に試しにこさえたがらのふくべ、長者さんが買ってけで、冬前の物入りで大した助かって。白え花《しれ》みてえなかみさんは福のかみさんで……」

星明かりがこぼれる中、祈りが続く。男の漆黒の髪が頬のこけた横顔に揺らぐ。

「くしりの畑、水で潰れて絶えたども、似た花が黒山の崖さ生えてで。慈悲深いかみさん、生やしてくれたんだな。重ね重ねありがてえことで……」

次に何を描かせるか考えながら左手でテキスタイルブックをめくる。細かいチュールレースの模様を選ぼうか、大輪の花を描かせてみようか。

「ああ、だあ、だあ……」

拝む声音が変わったからテキスタイルブックから目を上げる。

「白え蓮の花みてえなかみさん、別嬪の福のかみさん、これ、喰ってけさい」

男が足元から拾い上げた藁《わら》包みをうやうやしく供えた。

ああ、またか、と思う。粗い藁の編み目に赤黒い液体がにじむのが見えたのだ。

闇からの夜風が部屋に吹き込み、何度か嗅いだ血臭がどろどろと室内に流れ入った。

「いらない。持って帰れ」

闇の者は誰もが一度はこれを持って来る。自分が肉を喰うと伝える者がいるからだ。

そして闇の世ではどこでも、絶え間なく、これができるからだ。

「かみさん、かみさん、見るだげでも見でけさい」男がすがりつくように包みを開く。

「近くの嬶《かか》が産んだばりで。月も満ちて、肥えてて、肉もみちっとついてるで」

見たくもないのに目に入る。広げられた藁の中に転がるのは、今まで見た中で一番大きな、よく肥えた嬰児《えいじ》だ。

皮膚の皺に赤黒い血が沈む。口や鼻腔は肉塊に空く穴に、閉じた目は埋もれた二本の筋にしか見えない。

排泄物と血の生臭さに息を止める。それでもなぜか目を逸らすことができない。

「かみさん、かみさん、満開の白え花みてえなかみさん、供えさせでけさい。これ喰って別嬪で居てけさい。末永くここさ居ってけさい」

自分が笑っているのか顔を歪めているのかがわからない。

嫌悪しているのか、求めているのかすらよくわからない。

「供えさせでければ父と嬶も喜ぶで。かみさんの情けで皆がましに冬を越せるで」

嬰児の腹から肉色の管が伸び、先端に臓物めいた血塊がある。

きっとこれが胎盤と呼ばれるものだ。

この頃、鏡を見ることが増えた。そしてそこに映るやつれ顔を厭《いと》う気持ちが生まれ

た。

崇められるのなら少しでも美しい方が良いような。

物の怪に過ぎなくても見た目を取り繕ってみたいような。

ふと思い出す。何日か前、また刑事に呼ばれたことを。

拒む理由はなかった。応じたのは男がもたらす報《しら》せに期待していたからだ。

「前に比べて、その、少し顔色が良いみたいですね」

古いドライブインで正面に座った刑事が眼鏡の位置をなおしながら言った。挨拶ともお世辞ともつかない言葉を少しばかり嬉しがる自分が不可解だ。

口元をハンカチで隠したまま控え目に微笑み返したら照れた表情で目を逸らされた。

「お姑さん、いえ元お姑さんのことはご存じでしょうか?」

プラスチックカップに入ったアイスコーヒーを飲みながら男が聞いた。

「義母、ですか?」うつむき加減に、ハンカチを離すことなく応える。「最近も来ていました。私を悪く言って魔除けのようなお札を団地に貼っているみたいで」

「もう元お姑さんは団地に行きません」

「そうだといいんですが……」

話の続きは知れている。下手な言葉は発しない。うつむいて顔の横に垂れる髪とハンカチで表情を隠し続けるだけだ。

「元お姑さんが亡くなられたことはご存じないのですか？」

「え……？」

わざと戸惑った声を出して見上げ、また目を落としてハンカチで口元をおおう。

突然に亡くなられたのですよ、と刑事が告げた。駅に向かうバスの中で倒れて、救急搬送されて、死因は心不全で、と事務的な報告が続く。

「心不全って心臓に何かあったという……？」

黙っているのも不自然なので聞いてみた。調べて知っている。司法解剖をしても死因がわからない場合、心不全と書かれるケースが多いらしいと。

「まあ、そういうことでしょう」刑事は曖昧に答えた。「バスの乗客達が元お姑さんがかなりの興奮状態だったと証言しています。真っ青な顔をして、汗だくで震えていたから運転手も気にしていたそうです」

そうですか、興奮してたのですか、と相槌《あいづち》を打つと、こちらを訪ねた後はいつも感情が高ぶっていたとのことで、と男が言い繋ぐ。

黙って顔を伏せていればいい。無駄な言葉は発しはしない。口元を強く押さえ、こみ上げる笑いを抑えつける。少し肩が震え、口角が吊り上がり、頬が喜びに蠢く。

刑事は見とがめなかった、と思う。少なくとも表情に関する質問はされなかった。

義母が倒れた日時を告げられ、どこにいたかを尋ねられたから、団地にいました、

と答えた。証明する方は？　と聞かれて、外で誰かとすれ違った気がします、と言った。

それ以上の会話はなく、コーヒーを飲み終わるまでうつむき続けて別れた。送ります、と言われたけれど、一人になりたいのでタクシーで帰ります、と断った。ただそれだけのことだった。

「かみさん、かみさん、弁天様みてえなかみさん。これの代わりに大《で》けえのを……」

哀切なせがみ声が響き、心を現在に、今いる闇の窓辺に引き戻す。

男が跪いている。見上げる瞳がぬらぬらと濡れている。今夜は空に月がない。羽衣めいた天の川がいつも以上に煌々《こうこう》と虚空になびく。

いらない。その一言が出て来なかった。

手を伸ばして受け取ることもできなかった。

鏡に映る自分の疲れた顔を思い出す。風に揺られて肌を打つ毛先のぱさつきが痛い。

「白え花みてえなかみさん、供えさせでけさい。空き腹なしに産む媾はなんぼでもいるし」

乾きかけた血の臭いを嗅ぎながら思う。これを欲しがる者は現世に多くいるのでは、と。

そして、だめだ、と否定する。これは売り捌《さば》けるものではない。

けれども、とまた考える。もしも売る術を知る者がいたら……？

刑事の顔が浮かぶ。あの男は法の抜け穴やら裏の道やらを知っている……？

「かみさん、かみさん、弁天様みてえなかみさん」くるくると巡る思考を多弁な男が断ち切った。「供えさせでけさい。冬前の物入りで、くしりもまだ生がらねで……」

ひくひくと嬰児の指が震え、黒く開いた口腔が空気を呑むように蠢いた。

気味悪くなんかない。動くのは鮮度の証しに他ならない。

何度も供えられるうち嫌悪の気持ちも摩耗した。もうみっともなく怯えなどしない。

窓の外で赤ん坊の命は軽い。現世とは違う。そこを律する正義が異なるだけだ。

何が正しいのかわからなくなっていた。けれども今ならよくわかる。人が苦労なく生き延びるためにすること。それが重なって正義となり、やがて道徳とされる。

苦労を減らすために義母を消した。もしかしたら夫の死も同じ。

「ふくべも気張ってがら入れるんで、供えさせでけさい。かみさん、かみさん、満開の花みてえなかみさん、なんとか末永くここさ居って護ってけさい」

拝み、慕い、崇めるこの男が愛しい。庇護《ひご》してやりたいと思う。

けれども好意とはどこか異なる。もちろん色恋でもない。

むしろ庭木を愛《め》でる気持ち、あるいはペットを慈しむ心に近いだろうか。

いや、違う。これは家畜、あるいは農作物に対する愛着だ。大切にする。重宝する。けれども無償の愛は与えない。対価があるから護るのだ。捧げられた赤児の舌が微《かす》かにひくつき、喉の奥にごぼごぼと何かが鳴る音がした。いらない。その一言が出て来ない。わからない。まだ自分の心が摑めない。天の川が天空に淡く瞬く。細かな光の粒がほろほろと地上にこぼれる。枯れかけた木の葉がかさついた音を立て、男の瞳が熱を帯び、低い詠唱がいつまでも、いつまでも呪文のように流れ続けていた。

祠の灯り

「どこの者?」

纏《まと》わりつく夜気の中、女の声が訊《き》く。

細い声。柳の葉擦れにすらかき消されそうな響きだ。

幼い平太《へいた》の背後で沼の魚が、ぴしゃり、と跳ねた。

「どこの者?」

祠《ほこら》から声が再び誰何《すいか》した。

小高い崖《がけ》に埋まるように建った古い祠。

閉じられた扉の隙間から黄色い光が漏れている。

「お、俺は……」

応じようとする言葉に、ひゅう、と、なま温かい初秋の風が絡む。

答えずに逃げれば祟《たた》られるのだろうか。それとも後を追われて喰《く》われるのだろうか。

新月の空を覆う星々がちかちかと冷たくさざめいていた。

「お、俺は、畝《うね》の里《さと》の者だ」

張り上げた声が震える。こんな時、兄達や里の男衆のように肝の据わった大声を出

せたらいいのに。

湿った風が頬を撫《な》で、沼辺の柳が、さわり、さわり、と揺らめいた。

ことり、と祠の引き戸が動き、きぃ、と錆《さ》びた継ぎ目が軋《きし》む。

ぎしり、と重たげに戸が開き、中からの燭光《しょっこう》が平太の視界を潰《つぶ》した。

「子供？」低く、細い声が戸惑いを帯びていた。「なんで子供？」

灯を後光のように背負った女の影。それが問う意味がよくわからなかった。

「俺は……畝の里の者だ！」

平太はもう一度、声を張る。

「こども……？」

目が灯りに馴《な》れるにつれ、声を発した者の貌《かお》が見えて来た。

肩より少し下のあたりまでの髪。毛先だけが妙に赤茶色く、浮かび上がる肌はひどく白かった。黒ずんだ扉にかかる指は節が目立たず、奇妙なほどに細い。

若いのだろうか？　年寄りなのだろうか？

里の農婦しか知らない平太にはその年齢が読み取れなかった。

ただ、こんなにも顔や手や首筋が白い女がいるのかと驚愕《きょうがく》した。

夏が過ぎたばかりなのに陽に焼かれた気配がない。根深くこびりつく土も垢《あか》もない。

それは着物に隠されて決して陽に晒《さら》されることのない、母の下腹部にも似ているよう

に思えた。

「子供が、なぜここに？」

女がそう言ったように聞こえたけれど声音は不明瞭《ふめいりょう》だ。

山ひとつ越えれば少し言葉が違う。次の里に行けばまたわずかに響きが変わり、いくつも山や川を越え、遠い場所に行けばまるで違った聞こえ方になるらしい。様々な土地を巡る旅の薬売りが聞き取りにくい滑舌でそう語っていた。

夜、古びた祠に独り座っているような者だからこんな奇妙な言い方をするのだろうか。そもそも妖怪《ようかい》だから人語などろくに解しはしないのだろうか。

「何を持って来た？」

女が別の問いを発し、答えをさがしあぐねた平太の髪から、ぴしゃり、と冷たい雫《しずく》が落ちた。ぴちゃり、と膝丈《ひざたけ》で擦り切れた着物の裾《すそ》からも沼の水が滴る。

まじないの魚を捕りたくて新月の夜、独りで青藻《あおも》ケ沼《ぬま》に来た。

けれども夜闇の中、子供が魚など捕れるはずもなく、沼泥に足を取られてずぶ濡《ぬ》れになっただけだった。

漆黒の天空に針で突いたような星明かりがひしめき、青黒い水面がぬめるように照り返す。月などなくても沼のあたりは微《かす》かに仄《ほの》めいている。むしろ大き過ぎる月は、その光暈《こううん》こそが禍々《まがまが》しい。

女が座る祠の中は巨大な満月よりも明るく、壁も天井も綿の実のように白かった。小さな祠のはずなのに奥行きがある。家の土間よりも広く、中は用途も知れない不可思議な調度に満ちていた。

女が白い手を伸ばした。

幽鬼のような指がひらひらと突き進み、立ちすくむ平太の濡れた髪に触れた。

「このままでは、風邪をひく」

意味がわかるような、わからないような言葉。恐ろしかった。けれども逃げたら追われるかと思うと動けない。

水が落ちる髪に女が柔らかなものをかけた。あるかなしかの花の香りが鼻腔《びこう》に漂う。自らの頭を包むものにおそるおそる触れてみると、それはふくふくとした布だった。妖魔のような女の持ち物が、なぜ芳香を放つのか？

冷たい沼辺にどうして、乾いた布があるのか？

髪の水を吸うそれは絹か真綿のような感触。とは言っても貧しい農家の小倅《こせがれ》だから絹にも真綿にもくるまれたことなどないのだけれど。

夏は上階で蚕を飼って絹糸を取り、秋は畑で綿を摘む。けれども絹も真綿も租税として納められ、でなければ分限者に買い取られ、自分やその家族の身に触れることなど決してありはしない。

心地よい布。乾いた甘い香り。ふくよかさに恍惚《こうこつ》とするうち眠らされて喰われるのだろうかと危ぶんだ。それと同時に、こんな良い匂いのする布を持つ女が鬼女や山姥《やまんば》であるはずがない、とも思う。

母の胸乳に似た匂い？

あるいは長者が払い下げた女の、着物に染みていた香り？

それよりはむしろ野原の百合《ゆり》を煮しめたかのような、そんなあえかな薫香が髪を包んでいたのだった。

女が平太の髪を拭《ふ》きながら何かを語りかけたけれど、その言葉がわからない。なぜ濡れているのか、寒くはないのかと、そう案じているのが気配だけで伝わって来る。

山姥？　物の怪《け》？　害を加えようとしていないことだけは良くわかる。

髪が乾き、着物から滴る雫が失われると、女は白い器に入れた温かい湯を飲ませてくれた。乾いた草の匂いを含む、花の蜜《みつ》のような味だった。湯の甘さが舌に沁《し》み、冷えた身体が温まる頃、沼と森の向こうの遠くから夜明け前の鶏《とり》の声が届いた。

「戻れ」

女の細い声が言った。

その意味なら平太にもわかる。ここを立ち去り、里に帰れと促しているのだ。

被《かぶ》せられた布を脱ぎ、引き戸の縁《へり》から立ち上がり、平太は里の知恵者達の真似をし

て、ぺこり、と勢い良く頭を下げてみた。

女の白い顔が微笑んだ。仄かに上がった口角は鬼女のそれではなく、明らかにこの世の、確かに血の通った人の女のものだった。

湿った沼辺を小走りに帰路につくと、ぴたぴたと沼泥が足を濡らした。

明るい祠を背にすると青黒い沼面は一層禍々しく、蠢《うごめ》く星明かりが夜空の暗さを際立たせる。

振り返って見ると祠は閉じられ、漏れていた灯すらも失《う》せていた。

あれはひとかけらの夢？　そう思案する暇はない。急がなければいけない。皆が起き出す前に寝部屋に戻るのだ。

沼辺の泥をはね上げ、星明かりだけを頼りに平太は里の我が家へと走り去ったのだった。


青藻ヶ沼には主がいる。

畝の里にはそう伝えられていた。

主は年を経た巨大な水蛇だとも、水神の化身だとも言われていた。目を司《つかさど》る神ともされ、ある種の眼病を治癒する力を持つと信じられていた。

新月の夜、青藻ヶ沼の魚を素手で捕って目を潰し、再び沼に放てば目の病いが治る。

けれども魚を捕り損ねると沼に引き込まれ、水底で主に喰われるのだと里の古老がおどろおどろしい口調で言い聞かせていた。

幼い平太が青藻ヶ沼に行ったのは母の目を治したかったから。母の右目の視力はすでにない。何年か前、稲の葉で目を突いたためだ。そしてこの夏、残された左目も草に突かれてずっと黄色く膿《う》み続けている。
里にはこうして目を病む者が絶えない。命に関わりはしない。けれども視力を失えば働き手にはなりえない。

富裕な家ならば視力をなくした者も養える。けれども多くは田畑の鳥追い小屋に集められて住まわされる。女なら運が良ければ口寄せ巫女《みこ》の修行に出されることもある。いずれにしてもこのままでは母に会えなくなってしまうのだろう。だから恐ろしい闇の中、独りで沼に行ったのだ。

「青藻ヶ沼の祠には時々、女に化けた沼の主がいる」

「若者を招き寄せ、気に入らなければ水に引き込み、生きたまま呑《の》んでしまう」

里の者達がそう語っていた。

沼に沈みもせず、呑まれもしなかったのは、喰う肉も少ない痩《や》せた子供だったからだろうか。

ただ鼻腔に残っているのは濡れた身体を拭いてくれた布の、野百合に似た香り。そ

して白い手が夜気をかき混ぜるかのようにゆらゆらと動く様と、髪を撫でた時の弱々しい力加減。

あの女が美しかったのかどうか平太にはわからない。

切りそろえられた爪に土も挟まっていなければ割れてもいなかった。日焼けの黒ずみもなく、垢もこびりついていないその肌が清らかだと思っただけだった。

あれ以来、時折、夜明け前に目が覚める。

土間に続く男の寝部屋にこもる鼾《いびき》と汗の匂い。野百合のような薫りを思い出すとつい寝藁《ねわら》から這《は》い出て、吸い寄せられるように沼に向かってしまうのだ。

夜歩きは恐ろしい。闇に潜む物の怪がいることは知っている。けれども夜空を覆う細かい星々があれば夜は決して漆黒ではない。

ほーえ、ほーえ……

ほーえ、ほーえ……

実りの時季が近づき、鹿や猪を追う年寄りの声が夜もすがら里にも山にも響く。暗い沼辺も獣追いの嗄《しゃが》れ声が届けば何かしら心強い。

沼の脇を抜けて祠から漏れる灯が見えなければ戻って寝藁にもぐり、黄色い灯があれば禁忌を犯すような、それでいて期待に満ちた気持ちで古びた扉を打つ。

「どこの者？」

主が細い声で問うたら、

「畝の里の平太」

と応じればいい。そうすれば古びた引き戸が開かれ、女の姿をした沼の主がひっそりと微笑みかけ、白い指で髪を撫でてくれるのだ。


「平太の奴、夜にちょくちょく寝部屋を抜けているぞ」

じめついた部屋で初老の叔父《おじ》がからかった。

「女の部屋にでも行っているのか」

二番目の叔父が下卑た口調で嗤《わら》った。

「母親の乳を吸いに行っているんだろう」

年若い末の叔父にからかわれ、違う、違う、と平太はむきになって言い返した。

高窓が見える寝部屋。居間の囲炉裏から煤《すす》が吹き上がり、簀子《すのこ》天井も太い梁《はり》も節くれた柱も燻《いぶ》されててらてらと黒光りしている。

父の弟が三人、長兄を除く平太の兄が二人、そして、祖父の末弟が一人。これが分家もできず、嫁取りもせず、この部屋で寝起きしている男達だ。

茅葺《かやぶ》き屋根の外には雨混じりの大風。閉められた切上窓の隙間から湿気と冷風が、じわり、じわり、と屋内を侵していた。

「その年で、もう女を覗《のぞ》くのか？」

叔父が呆《あき》れたふうに言う。

「最初の相手は亭主を亡くしたばかりの嬶《かか》にしろよ」

そう年の変わらない兄が知ったような口をきくと、周囲から「餓鬼が餓鬼に説教している」と笑いが上がった。

「俺、そんなことは……」

言い返そうとした脳裏に沼の主の白い首筋が浮かんだ。

あの主も男を招き入れたりするのだろうか……？

「下手に子を増やすと女の家に恨まれるぞ」

年長の叔父が混ぜ返す。

平太がそこまでませているのか？　それは末恐ろしい、と、男達がいっせいに囃《はや》し立て、こもった笑い声がぶ厚い茅の屋根裏に吸い込まれた。

「やかましい！」と、傍らで寝ていた大叔父が老いた声で叫び、「雨の時くらい寝させろ」と、痰《たん》を絡ませながらつけ加えた。

足腰が弱り農作業の助けにならない年寄りは農具の手入れやら藁編みやらをして過ごす。けれども収穫の時季が近づけば夜、田畑に出される。作物を荒らす鹿や猪を遠ざけるため朝まで板を打ち、獣追いをさせられるのだ。

老いてからの夜働きは辛《つら》い。せめて獣の来ない風雨の夜は寝かせてくれ、と、大叔父はそう言いたいのだろう。

今年の夏は暑く、かといって照り過ぎもしなかった。穀類の実りも悪くない。租税を差し出しても冬の蓄えはできるはず。だからこの冬、老いた大叔父が消えることもないだろう。

ぶ厚い茅の屋根の上を、びょう、びょう、と雨風が猛《たけ》る。

明け方に目覚めても祠に行けそうもない。そう思うと胸苦しい。

老いて弱った大叔父が獣追いに出されぬほどに降り、夜明け前には晴れてくれれば、と平太は風音を聞きながら思うのだった。

祠を訪れるのは何度目だろう。

黄色い灯りの中、引き戸の縁に座って沼の主と過ごすのも、もう怖くはなくなった。主の正体は巨大な沼の蛇だとか、泥の滴る妖怪だとも言われるけれど、平太の前にいるのは聞き慣れない言葉を発する人の女だ。

祠を訪れる時はいつも清流で髪を洗い流す。そうすれば主がやわやわとした布で雫の垂れる髪を包んで拭いてくれるから。寒くはないかと案じる気配を発してくれるから。

この女が沼蛇や泥の妖怪なら皮膚がこんなに乾いていて苦しくはないのだろうか、と平太は危ぶむ。人の姿に変化すれば空気に晒されていてもいいのだろうか、とも考える。けれどもそれを問えるほど、言葉が通じ合わないのがもどかしい。

濡れた髪を拭く時、主が力加減を間違えることがあり、縁に浅く腰掛けた平太はその度に沼辺に倒れ込みそうになる。

「ごめん」

主が言い、その意味を平太は理解した。この言葉は里と同じく詫《わ》びの気持ちを示すものだから。

「押すな」

平太は布に覆われた目を逸《そ》らしながら言う。

「ごめん。押さない」

主はすまなげに応《こた》える。異なる言葉と思っていたけれど中には似通ったものがある。

「押す」と平太が身振りを加えて言うと、主も同じ身振りで「押す」と言う。

「強く押す」と主が細い腕に力を込めて見せると、平太は「つえぐ押す」と里の声音で応じる。

「つえぐ押じぇ」と平太が命令形を教えると、主が「強く押して」と細い声で同じ意味を教え返す。

聞きにくいけれど通じる。身振り手振りを交えればお互いの声音にも馴れて来る。

沼辺にそよぐ柳を指差して主が「やなぎ」と言い、平太は「やなぎご」と教えた。「やなぎご？」と繰り返す主の舌遣いがまるで嬰児籠《えじこ》の中の赤児のようにたどたどしかったからけらけらと笑い転げた。

平太につられるように主も笑う。次に二人で目をあわせて「やなぎご」と言い合い、また少し笑った。

主はただ濡れた頭を拭き、温かい湯と甘い菓子をくれる。交わす言葉はいつもわずかだ。

平太も扉枠に座りはしてもその内側に踏み入ることはしなかった。中の調度があまりに見慣れないため、そして風に揺らぎもしない灯りが近寄り難く、縁に腰かける以上のことができなかったのだ。

主が座る卓の横には透ける壺《つぼ》がぎっしりと載せられた棚がある。硬質な黄色い灯がいつも棚の壺の表面に無数に映って輝いている。あれは何だろう、と思いはしても問う言葉が見つからなかった。

「名前は？」

そう聞かれたこともある。意味がわからなかった。

「なまえ」

主が平太を細い指で差し示して繰り返した。

「なめ?」

自分を指差して里の言葉で聞き返すと、主が、こくり、と頷《うなず》いた。

「平太」

そう自分の名前を答えた。

主は、一音、一音、区切るように訊く。

「へいた?」

「へえだ」

村の者に呼ばれる音で名を教える。それを聞き、「へいだ?」と、細い声で繰り返す舌遣いが赤児めいているから、また、けらけらと笑う。すると主も、くすり、と笑う。

けれども夜明けが近づき、北天の柄杓星《ひしやくぼし》が稜線《りようせん》に深くささる刻限になると、笑顔を収めた声で「戻れ」と告げられる。

その指図には逆らえない。

夜が明ける前に里に戻らなければならない。一番鶏より先に家に戻り、寝床の中に横たわるのだ。

夜中に子供が消えれば騒がれる。腹を空《す》かせて他所《よそ》の畑で盗みを働く者が絶えない

から。

作物の盗みは大罪だ。たとえ悪さをしていなくても、里の者に疑われたら言い逃れはできない。たびたびの夜歩きが知れたら近隣への聞こえを気にする家族が、辻《つじ》に引きずり出して、見せしめに打ち据えるに違いない。

だから沼辺では星の傾きに気を配る。夜空など見上げもしない主も夜明けが近づく刻限を何故か正確に察知する。

別れを告げる時、平太は知恵者の真似をして、ぺこり、と頭を下げる。

小社の神主のように重々しい祝詞《のりと》を上げることなどできはしない。読経する術《すべ》も知らない。頭を下げるだけで礼儀は足りているのかどうか。怒鳴られも喰われもしないから、許されてはいるのだろう。

背を向けると背後で祠の戸が、ぎしり、と閉じる。

冷たい沼辺を歩いて里に向かうと、針よりも細い星明かりで黒い沼面《ぬまも》がてらてらと光る。

祠が開くのはいつも新月の夜。夜明け近いほんの短い時間。それが何よりも得難くて、いつも新月を待ちわびるのだった。

夜風に草叢《くさむら》が揺れる。駄屋の外に座り込み、平太はきつく唇を嚙《か》んだ。

枯れ乾いた草と、湿った土と、痩せた馬が踏みしめる敷料の臭い。

朝からの作業にくたびれて、夕刻、木陰で微睡《まどろ》んだ。

少しだけのつもりが目覚めた時は陽が落ちていた。馬に飼い葉をやる時間が過ぎていたから慌てて家に戻ったけれども遅かった。

怠け者と罵《ののし》られ、ぶたれた。そして飯の座から外された。

こんな時は母か姉が後でそっと何かを食わせてくれる。冬場になって蓄えがなくなればそれも期待できない。けれども今はまだ秋。食い物が尽きる季節ではない。

ぐうたら者と呼ばれ、殴られたのが悲しかった。

「俺、かせいでいるのに……」

その言葉を低く吐き出すと、呼応するように虫が高く鳴いた。

朝早くから夜になるまで棚田にへばりつくようにして手伝いをしている。身体は小さいけれど、大人に負けないよう動くようにしている。なのに横着者、と怒鳴られた。荷車を押す力が弱い、仕事がはかどらない、と罵られた。末子のくせに、戻されかけた子のくせに、とも囃された。

平太の目に見えるのはいつも草の根元。ろくに顔を上げる間もないから視界の中に蠢くのは粘土質の土とそこを掘る自分の手と農具ばかり。

今日、黒ずんだ親指の爪が割れた。葉を揉《も》んで包み、藁で縛ったけれどじくじくと

した痛みが治まらない。長兄は怪我をすれば大切な軟膏《なんこう》を塗ってもらえる。自分は割れた爪を藁で縛って棚田に戻る。

幼い頃、転げ回って遊んだ角の家の長男の太郎《たろう》など、今も平太ほどに働かされていない。平太より好きに食わせてもらえるし、飯時に遅れれば、一家で食わずに待っている。

彼らは別だと知っている。跡取りは大切にされなければいけないとわかっている。いずれは家を継ぎ、嫁を取る長男達と自分は違う。次男から末子までは生涯、外れの男部屋で雑魚寝《ざこね》して、長兄に使われて生きるのだ。

嫉《ねた》むつもりはない。羨《うらや》む気もない。ただ、生まれが違うだけだ。

軒の下から見上げると、夜雲の奥に鎌のような月が照っていた。

ひとつ、ふたつ、と指を折り、新月までの日を数えると、髪を包む布のふくよかさと舌の上で溶ける菓子の甘さが蘇《よみがえ》る。

また沼の主にあえるだろうか。

髪を濡らして行けば野百合に似た香りの布で拭いてくれるのだろうか。

あの一時があるから救われる。殴られても、罵られても、縋《すが》ることができる。

主にあっても何かが変わる訳でもない。お互いの言葉が覚束《おぼつか》ないから泣き言を漏らせる訳でもない。

あと四日。いや、昼が過ぎたのだから、あと三日か。

薄雲と星々の中に月が照る。

あの月がやせ細って消え失せるまで、あと少し。そう思うと人々が尊ぶ月明かりが恨めしい。

ひもじさで腹が、くう、と鳴る。割れて血のにじんだ爪が、じくり、と痛む。

乾いた草の穂が、さわり、さわり、と夜風に揺れ、駄屋の中で疲れた馬が敷き藁を踏んだ。

まだ寒過ぎはしない。

蚊に刺される時季も過ぎた。

三日後に、あえる。また頭を包んでもらおう。白い指でつまんだ菓子を口に入れてもらいたい。

壁越しに馬の身じろぎを感じながら平太はその日、二度目のうたた寝に落ちて行くのだった。

新月の夜は目が覚める。

小さな明かり窓の隙間から天候を確かめて、雨も雪もなければ心が弾む。

音を立てずに敷き藁の上を忍び、累々と眠りこける男達の間を歩き抜け、里外れの

清流で髪を濡らしてから沼辺の祠へと走るのだ。

新月に晴れるとは限らない。雪が降る季節は出られない。穏やかな時季でも雨風があれば行かれない。だから祠を訪ねるのは一年のうちほんの数回に過ぎないのだ。

ほーえ、ほーえ……

ほーえ、ほーえ……

侘《わび》しげな獣追いの声が今夜も遠く沼のほとりにも届く。

初めて主にあった時はまだ子供だった。あれから俺はずいぶん大人になった、と平太は思う。

滑ったり転んだりして歩んでいた沼辺の泥地を、もう簡単に走り抜けられる。頭上に揺れていたはずの樹々の葉を、今では手でよけながら進まなければいけない。

それでもまだ甘い菓子が恋しい。濁酒を舐《な》めるようになっても主がくれる菓子ほどに旨《うま》いとは思わない。

「どこの者？」

薄雲のような星々が瞬く下、祠から問う細い声は以前と同じ。

「畝の里の平太」

答える声だけが低音になった。

古びた戸がきい、と鳴り、黄色い灯の中で主が迎えてくれるのだ。

縁に座って見上げていた主の顔をこの頃は見下ろすようになった。口に菓子を押し入れる主の指が以前より華奢《きゃしゃ》に感じられる。それは自分がいかつくなったせいだろう。

母の髪は白くなった。川向こうから長兄に嫁が来て、みっつ上の姉は他家に嫁いで子を何人か産んだ。けれども祠の中に座る主だけは前と少しも変わらない。

夏になってもその肌は陽に焼けず、春に霜焼けやあかぎれを手に残すこともない。髪の長さすら何年も同じまま。いつも耳のあたりから下だけが妙に赤茶けた、不思議な髪色のままだ。その乾いた髪に触れてみたいと、この頃、強く思う。

「食べなさい」

その夜、主は平太の手に菓子をのせた。

「今夜は、食わせてくれないのか？」

「だって、もう大きいのだから」

「嫌だ」

お互いの言うことがずいぶんわかるようになった。

身振り手振りで教えあったからだけではない。時を重ねるにつれ、言葉少ないままに心の内が察せられるようになったのだ。

「食わせてくれ」

主がほっこりと笑い、細い指が小さな甘露をつまんで口元に寄せた。

目を閉じるふりをしていつものように薄目を開け、節くれも逆剝《さかむ》けもない指先を見つめる。土も堆肥《たいひ》も糠《ぬか》も臭わない手。強いて言えばエゴノキの実に似た薄い香りが纏わりついているだけか。

睫毛《まつげ》の隙間から見える黄色い祠の灯。近寄る指につままれた丸薬のような菓子。

口に菓子が入る時、そっと指ごと咥《くわ》えてみた。

自分の上唇と下唇に挟まれて、主の指が、ひくり、と蠢いた。

冷えた指先が平太の吐息で少し温まる。ころり、と菓子が口腔に転がり、それと同時に、そろり、と指を舐めてみた。

背後の沼で水面《みなも》が揺れる。主は怒るのだろうか。それとも、赦《ゆる》してくれるだろうか。

指からは土の味も、泥めいた瘡蓋《かさぶた》の味もしない。ただ菓子の甘味がとろけ、ゆっくりと舌の感触を塗りつぶして行くだけだった。

「これをやる」

指を軽く咥えたまま、平太は懐に忍ばせた木の髪飾りを差し出した。

甘い菓子をもらうだけでは物足りないと感じるようになったのはいつからだろう。

自分も何かをあげたいと思うようになったのはどうしてだろう。

今日、山で香の木の枝を拾った。だからそれを細工しようと思いついた。祠の中に木の調度が見当たらないから、めずらしがってくれるかも知れない。

乾くと良い香りを発する香の木。その枝を簪《かんざし》にすれば主の髪の岩苔桃《いわこけもも》のような香りに合うと思えたのだ。

貴重な香の木を密《ひそ》かに持つのは掟破《おきてやぶ》りだ。見つかれば他に隠し持った枝がないか、近隣の者がよってたかって床板まで剝《は》がして家捜しをする。

運良く拾ったのが新月を迎える午後だったから、人目を忍んで花を細工した。小鉈《こなた》さえあれば鎌の柄を削り、鉤《かぎ》の火伏を彫ることもできる。花など彫るのは初めてだったけれど意外に良くできたと自分でも思う。

主は差し出された髪飾りの用途もわからない風情で、不思議そうに見つめるだけだった。

平太は髪飾りを持ち上げ、つるつるとした布で束ねた主の髪にそっと差してみた。白い指が不思議そうに木細工の花をなぞり、睫毛のかぶさる黒い瞳《ひとみ》がこちらを見た。

「それ、やる」

平太は言った。主にもわかる、短い言葉。

「くれるの？」

主が、主の世の言葉で問うた。

「やる」

言った言葉が恥ずかしく、平太は目を逸らした。

「どうも」

短い礼が、つるりとした唇からこぼれる。

節の目立たない指が髪飾りを撫で続けた。野良仕事などしたこともないだろう手の中で香の木がことさら色濃く見える。

柄杓星の柄が東の稜線に傾きかけている。じきに一番鶏が時を告げるのだろう。

「また、来る」

来ると言ってもいつのことになるのだろう。

ほーえ……

ほーえ……

夜明け近くなると獣を追う声が、掠《かす》れて、途絶えがちになる。

さわさわ……

さわさわ……

柳の葉擦れが遠い獣追いの声に絡む。

「どうも」

もう一度、礼を口にして主は片手で平太の頬を撫でた。

「戻れ」

残りの片手で髪飾りに触れたまま主は告げる。

沼辺の冷気が足元に忍び寄る。山稜に夜明けが近いことを知ってか、どこぞで野の鳥が、ぴょぅ、と鳴いた。

「もう……戻れ」

主が繰り返した。

平太は深く頭を下げて祠に背を向ける。主に拭かれた髪の毛が、祠の方にそよいで、引かれて、そのまま吸い込まれて行くようだ。

じきに夜が明ける。

東雲《しののめ》が明るく染まり始める前に家に戻らなければ。

寝藁の中に潜り込み、何事もなかったかのように寝息を繕わなければ。

ぴちゃり、と沼面に魚が跳ねる。

たぷり、たぷり、と岸辺に水が寄せる。

ほーぇぇ……

ほーぇぇ……

遠い獣追いの声が、一層途切れながら、里を囲む山々に響き続けていた。

「奪えと命じている訳でない」

大柄な長兄が炉端で言った。

「そうだ。いくつか、もらい受けられないかと話しているのだ」

白髪の父が諭すように説いた。

まだ秋も早いのに、夜風が床板の隙間から、ひゅう、と冷たく忍び込む。

橙色《だいだいいろ》の火がはぜて、囲炉裏端の家族の顔に黒々とした陰影を揺らめかせていた。

「お前、本当に青藻ヶ沼で物の怪と通じているのか？」

長兄に重ねて問われ、平太はまた激しく狼狽《ろうばい》した。

「夜の祠で逢《あ》い引きとは罰当たりな。しかも相手が化け物とはな」

なぜ知られた？　肩を竦《すく》ませたまま平太は炉辺の者達を見上げた。

今朝、夜が明ける前に寝部屋に戻った。藁床の中に潜り込み、そっと自分の頬に触れると、主の肌を移したかのようにすべすべとして冷たかった。

自分の髪からたちのぼるのは野百合に似た匂い。それは濡れた頭を包んでくれた、あの布の残り香だった。

寝部屋の黴臭《かびくさ》い夜具。男達の鼾と汗の臭い。布越しに肌を刺す藁の土臭さ。それらに冒されて髪の匂いが失せるのが悲しかった。

ぱさぱさとした毛先をきつく握りしめたまま微睡んだ。手のひらで包んでおけば残り香が棲《す》み続けてくれるかのように思えたから。

無駄だと知っていた。

朝、起きる頃には髪も着物も藁床の臭気を吸い込み、主との時間などなかったかのようにかき消えてしまう。あとは昨日と同じように地面にへばりつくようにして作物を刈り、土間で穀汁をすする日々が続くはずだった。

今夜、なぜ夕餉《ゆうげ》の後、残されたのかがわからない。

どうして父と長兄の詰問を受けることになったのかが、まだ理解できない。

「こいつが」と父が、土間に座る次兄を顎で示した。「部屋を抜けるお前の後をつけた」

傍らの次兄は平太と目をあわせることもなく、ただ黙って囲炉裏を見ていた。

ひょろりと背が高く、すばしこくて目端の利く次兄。健脚で敏捷《びんしょう》だから急な山道も、荒れた開墾地も誰よりも速く動く。

「色気づきやがって」父が呆れたように嘲《あざけ》るように言い放って舌打ちをした。「よりによって物の怪と馴染みになるとは」

物の怪。その呼ばれ方が哀しかった。

確かに主は常の世の者ではないのだろう。けれども薄い皮膚に触れれば、その下に自分と同じ温《ぬく》い血が通っているのがわかる。髪を撫でる細い指には確かな優しみがこもる。寂しげな笑いにも、稚児《ちご》のようにたどたどしい物言いにも、人と変わらぬ情がにじんでいるというのに。

いるんだろう」

「沼蛇に魅入られたのだろうな。平太は見目がいいから、誑《たぶら》かされて、精を吸われて

土間から言い放った叔父の言葉に、木尻に座った母が脂《やに》で塞《ふさ》がった目に涙をためた。

「お前、本当に沼蛇に夜這っているのか……？」鍋座《なべざ》の祖母が歯の欠けた口を開いて

問う。「愚かな。飽きられれば沼底で丸呑みにされるというのに」

祖母は嘆きながら火箸《ひばし》で灰を突き、母の嗚咽が敷き茣蓙《ござ》に吸われて行った。

そんな交わりなどしていない。言ったところできっと誰も信じはしないだろう。

沼の主が優しかったと、人を喰らうような者ではないと、どれだけ弁じても伝わらないだろう。

思いも、事実も、言うだけ徒労になる。下手をすれば逆らったと言って棒で打ちのめされる。だから否みもしなければ、頷きもしない。それは発言力のない次男以下の男達の、身にしみついた習性なのだ。

「恐ろしい。生きたまま喰われるか。沼に引きずり込まれて蛇に変えられるか」

いまだに竈《かまど》を母に譲らない祖母が戦《おのの》く。この頑健な老女も沼の怪異には恐れ怯《おび》えるしかない。

囲炉裏の脇で小柄な母が目をぬぐうと、ひび割れた手の甲に濁った涙がへばりついた。

「飽きられてはいない」豪気な兄が断じる。「まだ呑まれる按配《あんばい》でもなかっただろう?」

「呑まれるのはもっとずっと先だ」と次兄が下卑た嗤いを含む声で応じた。「顔くっつけて指をしゃぶりあってた。一番鶏の刻が近かったからそのまま終わったが、でなけりゃ沼蛇とのまぐわいが見られたはずだ」

足の速い次兄。手足が長く、小回りも目端も利く。視力も良ければ勘所も良い。以前、寝部屋を抜ける気配に真っ先に気づいて問いつめたのもこの兄だった。

「明け方になると厠《かわや》に行きたくなる」

そんな嘘に欺かれることもなく、今朝方、そっと後を追ったのだと言う。

ぴたぴたと泥がはね上がる沼辺をどうやって足音もなくつけたのか。

沼に面して座る主に気づかれもせず、一部始終を見られたのはなぜなのか。

機敏で悪路でも飛ぶように走り、水の浸《つ》いた棚田を足音もさせずに動く次兄だ。泥上もぬかるみも密やかに歩き、細い柳と蒲《がま》ばかりの沼辺に身を潜められたのだろう。

「飽きられていないなら使い道はある」

見た目も気性も剛毅《ごうき》な長兄が言う。木の根のように太くどっしりとした首元を節くれた指で掻《か》きながら、ぶ厚い唇を不敵な笑みの形に歪《ゆが》めていた。

「祠の奥に、宝の壺が積まれていたと?」

長兄に良く似た父が次兄に尋ねた。

「ああ、気味の悪い女の化け物が座っていてな。その奥に戸のない納戸があって、ほったらかすように、透ける壺が積まれていた。祀《まつ》られる風でもなく、横向きにして、ぎっちり詰められて。それが……」

「短く言え！」長兄が遮った。「そこに小壺があったのか？」

「ああ、あった、あった」怯《ひる》みながら次兄は応じる。「宝物だろう？　山の衆が水練りの小壺と呼ぶ容《い》れ物な？　透けてて、薄くて、指で押すと凹《へこ》みそうなやつがあった。上納すれば米三俵が免税されるという、あの壺だ。水を入れても漏れず、軽くて、落としても欠けないという……」

「間違いないな？」

野太い長兄の声が、言葉数の多い次兄を圧した。

「俺は見た。間違いない」

土間に座したまま低い早口で次兄が断じる。

「おい平太」兄の声が自分に向けられ、平太は冷えた土間で竦んだ。「お前、女に化けた沼蛇から小壺をもらい受けろ。できるか？」

平太は身を縮めて囲炉裏端を見上げる。

「もらい受けろ。気に入られているなら、ねだれ」

ふるふるとかぶりを振った。できるはずもない。ねだり事など考えたこともない。

「ふん、意気地のない」

「宝が積んであったのだろう？　お前、欲しいとは思わなかったのか？」

父に聞かれ、平太はさらに大きく頭を振った。

「欲のない奴だ」

「欲しがりもしないとは不甲斐《ふがい》ない」

父と長兄が異口同音にあきれ声をあげる。

違う。欲がないのではない。求めても多くのものは得られない。願っても与えられない。そんな暮らしの中で生きて来た。だから望むことを知らないだけなのだ。

「ねだれるはずだ。その女好きのする顔で見つめりゃ沼蛇も拒むまい。壺のひとつやふたつ、喜んで差し出すだろう」

藁しべで歯をせせりながら父が命じる。

「そうだ、呑まれる前にもらえる物はせしめてしまえ」

次兄が傍らから唆す。

「沼蛇に触れるなど、気色が悪い、気色が悪い」

祖母は震えながら繰り返し、母はうつむいて左目をこすり続けていた。

無理だ、と平太は思う。

ねだり事などすれば毀《こわ》れてしまう。だから、ただ項垂《うなだ》れて頭を横に振り続けた。

「できないのなら俺がついて行く」兄の断言に平太は目を上げた。「お前は沼蛇を呼んで祠を開かせるだけでいい。後の話は俺がつける」

それもいけない。人を伴って行ったら、やはり毀れてしまう。

毀れる？

何が？

考えてもわからなかった。ただ、兄達を連れて行けば、主と過ごす時が失われてしまう。それだけはよくわかる。

「香の木は受け取っていたのだろう？」

「ああ、持って行ったのは二〜三寸ほどの小枝だった。それを沼蛇の女が受け取って、玉のような塊を平太の口に含ませて指をしゃぶらせていたのだよ」

「沼蛇の卵でも呑まされたのか」

祖母が低く戦いて、念仏めいた声を喉《のど》の奥にこもらせた。

「一摑《ひとつか》みほどもあれば小壺ひとつと取りかえられるだろうか？」

祖母を無視して長兄が聞く。

「一抱えほど持って行って、よっつかいつつ得られないか値踏みしろ」

嗄《か》れた声で父が命じる。

「香の木を採るのに、山奥に入るのか」

「田畑の収穫はもう……冬を越せないのは目に見えている。香の木を集めるしかない」

午過《ひるす》ぎから冷たく、細い雨が落ちて来た。あと数日は降り続き、痩せた作物を傷めていくだろう。

「香の木を採る量は村で決められている」

「隠れて山に入って手折るしかあるまい」

炉端で男達が談義を重ね、灰の上で木の脂がばちばちと朱《あか》く罅《は》ぜた。

逆らう術などない。こうして毀れて行くのを止められずにいるだけなのだ。

「しかしな」この頃、気弱になった父が呟《つぶや》くように言う。「相手は沼蛇なのだろう？物の怪と取り引きなど、恐ろしい」

「仕方がない」長兄が言い放つ。「今年は実りが悪い。このままでは春を待たずに飢え死にだ。税を免じてもらうためには献上品が要るんだ」

この夏は陽が少なかった。秋に入ると小糠雨が続き、火がなければ夜も過ごせない。稲も麦も、稗《ひえ》すらも痩せた穂がまばらに実るばかりで、租税分すら危ぶまれている。太い梁の上には黒く燻された蒲簀《かます》。この中に代々蓄えた古い穀物を潰しても冬を越せないかも知れない。

囲炉裏がひときわ高く燃えて周囲を照らし上げ、炎のゆらめきが家の者共の顔に異

形めいた影を作り上げた。

「しかし、物の怪が応じるかどうか」

父がまだ危ぶむ。

「平太を先に行かせる。馴染みの男になら沼蛇の女も戸を開く」

長兄が断じた。

囲炉裏の煤が、ぼう、と、火棚を焦がすように吹き上げた。

「水でこしらえたという小壺をもらう。平太、お前は沼蛇の女を呼ばわるだけでいい」

はぜる炎に薄い粗朶《そだ》がひらひらと嬲《なぶ》られた。燃やされるのを拒むかのように、のたうつように揺らぎ、そして、炭火の炎に舐め上げられるように消えて行った。

「女が応じなければ、力ずくでも奪う」

拒むことなどできはしない。父や長兄の決定は絶対だ。

物の怪とあっていたと知れても家を叩《たた》き出されないだけましだろう。

家を追われる。それは、寝る場も、食う物も失うことだ。

一家から放逐された者など里の誰もが関わろうとはしない。繁忙期にも雇われず、飢えても残飯すらろくに恵んでもらえない。

どこからともなく流れて来た者達が里にも幾人か住み着いていた。彼等も生まれた

場所で家を出され、彷徨《さまよ》い果てて来たのだと言う。

飢饉《ききん》でもないのに草の根を齧《かじ》り、夕刻には家々の門口に食い物をねだりたむろする。春夏は小社の縁の下やら廃屋の破れ壁で雨風を凌《しの》ぎ、秋が過ぎる頃、ほぼ全員が凍え死ぬ。

家のない者共が経帷子《きょうかたびら》のような雪に埋もれるのは目に馴染んだ初冬の風景だ。他所に流れて行って、瘦せこけ、石を投げられるのは恐ろしい。着る物も擦り切れ、裸同然で雪に降られるのはどれほど寒いことだろう。

だから、これから主との時間を汚さなければならないのだ。

しくり、と胸のどこかが痛んだ。打たれた痛みとも、切った痛みとも異なる、息が詰まるような苦しみが、じくじくと胃の腑《ふ》のあたりを冒していく。

この疼痛《とうつう》と、放逐される恐れと、どちらが重いのか。平太は自分に問うけれど答えはまるでわからなかった。

ただ、父や長兄に逆らうことなど思い浮かびもせず、萎縮《いしゆく》して土間に座り込むだけだったのだ。

長く続いた雨が上がったのは夕刻。

新月の夜の晴れ間に、家の者達は喜びと不安を露《あら》わにしていた。

沼の主から壺が得られれば租税を減らせるに違いない。そうすれば春まで食いつなぐだけのものを蓄えられるだろう。

つつがない取り引きになるように、と家の者は火の神や竈の神に祈っていた。年寄り達は口減らしを免れるだろうかと囁《ささや》き合い、孕《はら》んだ兄嫁はこの子を生かせるだろうかと母に尋ねていた。

平太に拒むことなどできはしない。夜闇がとっぷりとたれ込めてから兄達に引き据えられるように祠を訪れ、崩れ落ちそうな祠の戸を叩かなければならなかったのだ。

「どこの者？」

しんしんと冷気が漂う沼辺の祠からいつものように主の声が聞く。

「畝の里……」

そう応えただけで扉が小さく軋んだ。

主はやんわりと微笑みながら戸を開け、慈しむように平太を見つめ、次に横の兄達に目を止めて、ぎしり、と表情を強《こわ》ばらせた。

見慣れた白い顔を硬質な空気が覆う。

人の温もりを纏っていた目許《めもと》や口元に物の怪じみた気配が漂ってゆく。

「何を持って来た？」

冷え冷えとした声が主の口から発せられた。赤児のような言葉がこぼれていた唇か

ら、こんなに硬い声が、どうして出て来るのだろう。

「香の木」

長兄が野太い声で応じる。

「見せて」

表情を動かさず、平太を見ることもなく、主が促した。

手足の長い次兄が一抱えほどの香の木を差し出すと、主は枝を一本、引き抜いて眺めた。

指先が闇の中に白い。温かく、優しいはずの指。つるりとなめらかな爪。いつもと同じ手指なのに、今はこんなにも冷たく、怪しく、恐ろしいのはなぜだろう。微笑みなど想像できない、しんと冷えきった目つきと声が、確かに物の怪じみて感じられる。

「湿っている」

抑揚もなく主が言い、兄に香の木を差し戻した。

明確に聞き取れなくても意味は男達にも通じたのだろう。

「香の木だ。透ける壺と替えて欲しい」

兄がもう一本の枝を差し出す。主は受け取り、しげしげと眺めてまた突き返す。

「湿っている。受け取れない」

小糠雨の中、山奥に分け入って香の木の枝を集めた。

囲炉裏端で干したけれど天日にあてた時ほどからりとはせず、良い匂いを発するほどには乾き切らなかった。

「せめて半月は陽に干さなければ」

皆がそう言っていたけれど霧のような雨は降り続け、今日の新月に至ったのだ。

「戻れ。これは、要らない」

主の言葉に、男達から呪詛《じゅそ》めいた声が上がった。

「戻れ」

促す主の声音はことさら冷ややかで、おどろおどろしいほどに居丈高だった。平太を引き従える兄達がその場に立ち竦み、足元を震わせるほどに。

「もう、戻れ」と優しく平太を促した女が、どうしてこんなに硬い声を出せるのだろう。

いつもは甘やかな言葉を紡ぐ口が、今はただ、禍々しい声音を吐くだけなのはなぜだろう。

「これなら乾いている」

束の奥からもう一本の小枝を出して長兄が差し出す。

「受け取れない。戻れ」

主は繰り返し、あとは何も言わずに祠の黒ずんだ戸を閉じた。

細い隙間に漏れていた灯も、すぅ、と沼辺の闇に掻き消える。

ちかちかと瞬く星明かりと静まり返った沼の水面。

そよぎもしない樹々の間に男達の怨嗟《えんさ》にも似た呻《うめ》きが低く響き続けていたのだった。


ほーえ、ほーえ……

ほーえ、ほーえ……


沼辺に棚田からの声が届き、忍び寄る雪雲が骨にまで届くような寒気を染み渡らせていた。

黒々とした夜空に朧《おぼ》ろな星々がさざめく下、平太は今夜も沼辺に引き据えられていた。

左右を強ばった顔つきの兄達が固めている。沼の主から透ける小壺を力ずくで奪うためだ。

前の新月の夜、取り引きが成り立たなかった。次の新月までには雪が降るだろう。いつもの年よりも早く、重い根雪が訪れるのなら、今、宝物を得ないと冬に穀物を残せない。

黄色い灯の祠。その前に立つとあの甘い菓子の味が蘇る。

岩苔桃を煮詰めたような髪の香り。濡れた身体を拭く、とろけるほどに柔らかな布。

あれらに接することは、きっと、もうない。

主を見ることができるにしても、これが、最後。

周囲の闇に男達の猛った体臭がこもり、高ぶった者が全身から発する獣じみた気配が漂う。

昨夜、凍えるほどに冷たい清流で髪を洗った。だから男達の気配や体臭がこれほど明らかに感じられるのかも知れない。

こつり、こつり……

平太は握りしめた拳《こぶし》で祠の戸を叩く。

「どこの者？」

乾いた声が中から問う。

初めて聞いた時と変わらない声。柳の葉音にもかき消されそうな細い声だ。

子供だった自分は大人になり、背も伸び、力も強くなった。

たどたどしかった農作業も今では兄達に負けないほど計《はか》が行く。

けれども祠の中の主だけはいつまでたっても変わりはしないのだ。

「どこの者？」

再び問う声。

「答えろ」

背後の闇から促す小声が伝わる。

「畝の里……」消え入りそうな声で応じ、続けて声を張る。「畝の里の平太」

「平太？」

細い声が聞いた。

里の者に「へえだ」と呼ばれる名前。主だけが「へいた」と、濁音のない音で呼ぶ。

「ひとり？」

密やかな、吐息のような声が続いた。

「ひとり……」

平太は嘘をつく。

沼の魚が、ぴしゃり、ぴしゃり、と水面を尾で打った。

低く軋みを響かせて、祠の木戸が細く、細く、開けられた。

黒い戸にかかる指が、今夜はことさらに白い。

「水にふやけた白い蚯蚓《みみず》のような指だった」

「土中の芋虫のような手の皮だった」

男達は主の指をそう評して忌み嫌っていた。確かに主の手までもがあの夜は気味悪く見えた。けれども今は温みを帯びて、なめらかに優しげに扉の縁に触れている。

「ひとり？」

細く開いた隙間から片目だけをのぞかせて主がまた聞いた。

先の新月の夜、男達を拒んだ冷ややかさはない。まるで日向《ひなた》のように柔らかで、優しげな声だった。

「ひとり……」

答えて平太はいつものように深く頭を下げた。

主が、ほぐれたように、ふわり、と微笑んだ。

「あれは恐ろしい物の怪」

「それでも単なる女に過ぎないだろう」

男達がそう言い合っていた。

「祟りはしないだろうか」

「供養すれば祟りはすまい。逆らうのなら皆で犯してしまえ」

祠が開いたら男達がなだれ込む。そして宝物を奪う。そう示し合いがなされていた。

主が戸をまた少し開くと岩苔桃に似た髪の香が微《かす》かに漂って来た。それだけで菓子の甘さを舌が思い出し、細い指を挟んだ両唇になめらかな感触が蘇る。

「ひとり……」

平太は主の瞳を見つめて囁いた。

煤焼けも脂もない瞼《まぶた》。陽に当てられていない頬。瞳にかぶさる真っすぐな睫毛。

唇に触れたことのある指が戸にかかり、顔が全て見えるほどに開かれようとしていた。

灯りの漏れる祠。真綿の色の壁天井。無造作に置かれた不可思議な調度。それら全てが男達に荒らされるのだろうか。冬の飢えを凌ぐためにこの祠を汚さなければいけないのだろうか。

開きかけた引き戸の隙間に平太は、割り入るように腰かけた。

その身体の陰になって、闇に潜む男達に主の姿は見えないはずだ。

「へいた」

沼の主が細い声で呼んだ。

「ひとり」

平太は応じる。

背後の闇に、高ぶった男達の気配がひときわ濃厚に迫る。

「髪、濡れていない。菓子、食べる？」

主が平太を撫でてそう訊いた。

ぴたり、ぴたり、と沼の水が鳴る。魚達が藻や羽虫を喰って、尾鰭《おびれ》で水面を波打たせるのだ。

ひそやかな音に隠れ、這うように男達が忍び寄っているのがわかる。

もう少し戸を開いたら彼等が飛びかかるのだろう。そして祠を冒すのだろう。

自分が何をしようとしているのかがわからなかった。わからないまま平太は両腕を戸の隙間にこじ入れて主を抱きしめた。

髪の匂いが、とろり、と香る。

口元に夜気に晒された主の、小さな耳があった。

甘い菓子の味。やわやわとした布の肌触り。ほぐれるように微笑んだ主の顔。五感にひらめく思い出を振り払うようにして平太は囁いた。

「俺を、強く、押して」

濁音のない主の世の言葉で告げる。

ひくり、と腕の中で女の身体が固まった。

「男衆が襲う。俺を、強く、押して。戸を、閉めて」

主の世の言葉は里の者達にはわからない。それでもなるべく短く、そして、できるだけ低く、主にだけ聞こえるように。

頬に触れた主の顔。薄い皮膚の下で筋肉がひくひくと蠢いた。あの黒々とした瞳が、今、星明かりの沼辺を睨《ね》め回しているのだろうか。

男達の気配が一層、濃密になった瞬間、とん、と弱い力が平太の身体を押した。

主の非力な腕。この力では、農作業で鍛えた男の身体を揺るがせもしない。

だから平太は祠の壁を強く蹴《け》り、自ら大きく背後に跳んだ。

まるで妖力で吹き飛ばされたかのように、遠く闇の沼地に飛翔《ひしょう》したのだ。

幾多の星々が細い光明を降らせる沼辺。禍々しい満月よりも明るい祠。その中に座る主の瞳が、てらてらと濡れたように輝いていた。跳び退《すさ》る平太の視界でそれは徐々に遠く、小さなものになり、そして、祠の扉が軋み音をあげて閉じられた。

「やり損ねたか」

「こじ開けろ」

男達が叫びながら祠に走りより、古びた戸を引き開けた。

けれどもそこには主の姿も白い壁もなく、黒く黴《か》びた祭壇が、ただひっそりと崩れかけているだけだった。


こおん、こおん……

こおん、こおん、こおん……

甥《おい》の嫁が藁打ち石を使う音で平太は朧ろな眠りから覚めた。敷き藁の上で寝返りをすると、がさついた肘《ひじ》が、ごわり、と擦れる。

遠い過去の夢を見ていた。

浅い眠りの中で青藻ヶ沼の主が微笑んでいた。

その昔、新月の夜は祠を訪れて、女の姿をした沼の主と過ごしていたものだった。

今はもう祠に灯がつくことはない。祟りを怖れて沼辺に近寄る者もない。

剛の者が何度か足を運んだけれどそこに灯はなく、崖に埋まるように建った祠が黒ずんで朽ちているだけだった。

最後に主とあった後の冬、里には餓死者が多く出た。夏の陽に乏しく、秋の実りに恵まれなかったから、冬に食う物が尽きたのだ。

年寄りは生きたまま冬の山に捨てられ、生まれた子は産声をあげる前に喉を潰して間引かれた。里の者達は木篦《きべら》を削って齧り、壁土を煮て啜った。ようように迎えた春には悪疫が流行《はや》り、弱った人々の命を奪ったのだった。

沼蛇の祟りだと家の者達が戦いていた。平太の一家が災いを招いたのだと噂され、里中からはじかれていた時期も長かった。

主と通じた平太が放逐されなかったのは健常な男手が貴重だったから。ただそれだけだ。

あれからどれほどの時が過ぎたのだろうと老いた平太は思う。

今は家督を継いだ長兄の息子が、囲炉裏に落ちないよう柱に繋《つな》がれていた日々。老いさらばえて森に捨てられた父親が、まだ壮健だった時期。だから遠い遠い昔であるには違いない。

自分も獣追いなどできる足腰ではなくなった。厠に行くのも自力では難しい。兄の末息子が朝と夕に粥《かゆ》を運んでくれるが、それを舐める舌を出すのすらおっくうだ。

切上窓から痩せた月がのぞき、晩秋の風が、ぴゅう、ぴゅう、と屋根をいたぶる。

今年の夏も陽が乏しかった。そう言えば去年も作に恵まれていない。この冬を越す穀物はもうないに違いない。前の冬、稗倉に貯めた古い穀物を食ったはずだ。藁を挽《ひ》いた粉を煮て食った覚えもある。飢えて炭を齧り、喉に詰まらせた者もいた。

知っている。自分はこの冬、父や大叔父と同じ森に捨てられる。

傍らで若い衆がひそひそと語る声が聞こえる。

「山向こうの里に山姥が住み着いたそうだ」

「口が耳まで裂けた鬼婆《おにばば》が、生きたまま赤ん坊を喰うとか」

それは彼方《かなた》から巡って来た薬売りが伝えた噂。

「錆びた鉈を持って、赤茶けた髪を振り乱すと聞いた」

「牙《きば》の生えた口で、男の腕も喰いちぎるらしい」

誰も山姥など見たこともないはずなのにまるで眼前で対峙《たいじ》したかのように語られる。

赤ん坊を喰う山姥は、やはり恐ろしいのだろうな、と平太は思う。

喰うものが赤ん坊しかないのなら、生きるためにそれを捕るしかないだろう、とも考える。

祠に座っていた主の姿が鮮明に思い出された。冬を越すために主を襲うのは恐ろしくないのだろうか。食いつなぐためとはいえ、ただ祠にいるだけだった主の住処《すみか》を荒らすのは罪ではないのだろうか。

そう感じてしまうのは、老い衰えて食うことすらおっくうになったせいなのか。食って、生きるためだけだなあ、と喉の奥で呟いてみる。

山姥にあえないものだろうか、と、平太は思う。

山姥も沼の主も異界の者。両者が通じていないとも限らない。冬になり森に置き去られる前に主の顔を見たいと、この頃、とみにそう願う。

山姥に頼めば主にあわせてくれるだろうか。この望みが叶《かな》えられるなら自分は喰われてもいいと、本気でそう思う。骨と皮ばかりの爺《じじい》など山姥も喰いたくはないかも知れないが。

びょう、びょう……

びょう、びょう……

秋の風が屋根の上で猛る。

もう冬が近い。雪がぶ厚く積もる前に自分はここから消されるのだろう。

遠い昔の沼辺の祠。温《ぬる》めく風にさわさわと揺れていた柳の葉。

ぬめるように静まり返っていた水面。

唇に挟んだ主の指の柔らかさと、祠の灯の温もりが蘇る。夢とも現《うつつ》ともつかなくなったそれらを思い出しながら、平太は浅い眠りに落ちて行ったのだった。

本書は、二〇一六年十二月に小社より刊行された単行本を加筆修正のうえ、文庫化したものです。第十回『幽』文学賞短篇部門大賞受賞作「やみ窓」は「序」と改題しました。「やみ花」は書き下ろしです。

目次

序　5
やみ織　41
やみ児《ご》　145
やみ花　209
祠《ほこら》の灯《あか》り　253

やみ窓

篠 たまき

角川ホラー文庫
23388